錢鍾書先生分別攝於：
1930 年代（上方左）、
1940 年代（上方右）、
1970 年代（下方左）、
1990 年代（下方右）。

上圖：錢鍾書（左）與欒貴明合影。
下圖：1991 年，錢鍾書（右一）與欒貴明、
紀紅（右二）合影。（田奕 攝）

小說逸語

——錢鍾書《圍城》九段

◆

欒貴明

www.cosmosbooks.com.hk

書　　名	小説逸語——錢鍾書《圍城》九段
作　　者	樂貴明
特邀編輯	張世林
責任編輯	孫立川
美術編輯	郭志民
出　　版	天地圖書有限公司
	香港皇后大道東109-115號
	智群商業中心15字樓（總寫字樓）
	電話：2528 3671　傳真：2865 2609
	香港灣仔莊士敦道30號地庫 / 1樓（門市部）
	電話：2865 0708　傳真：2861 1541
印　　刷	亨泰印刷有限公司
	柴灣利眾街德景工業大廈10字樓
	電話：2896 3687　傳真：2558 1902
發　　行	香港聯合書刊物流有限公司
	香港新界大埔汀麗路36號中華商務印刷大廈3字樓
	電話：2150 2100　傳真：2407 3062
出版日期	2017年10月 / 初版

目錄

開 頭

我已寫好《大書出世——錢鍾書〈管錐編〉真相》，記述大書《管錐編》如何走來人間。我心知肚明，一旦涉及錢鍾書的著作，絕不可能跨越聲名日隆的小說《圍城》。我曾對錢先生有諾在先，但又有先生命我筆記之囑在後，故擇可道者簡約書之，名曰《小說逸語》，以視聽異趣應對，亦為通融之舉也。

三十餘年來追隨錢鍾書先生，先生從不長篇大論演講《圍城》，但我有機會聽到作者自己的偶爾辯辭。說者漫心隨意，在下留神注重，談笑聚沙成塔，記載頗豐，竟意外地補足了我的生不逢時。1945 年春，錢先生送別敬重的長輩徐森玉去四川，有〈話別〉詩云：「送遠自崖返，登高隔隴看。圍城輕託命，轉賺祝平安。」說輕，不輕，《圍城》可以「託命」，恰恰道出正處於《圍城》創作期的分量。據此可證，關於作家自己作品的畫外音並不可等閒視之。在那些有如碎瓊亂玉的零言雜語裏，往往包含著小說「主題」及「寫作方法」等要件，大多又是文學研究者和讀者所不解、所關切之問。鄙人不敢得而專有，早當貢獻研究參考也。今奉呈「九段」之論，則不宜先入為主，效曹氏友人誇讚錢鍾書詩句「讀盡人間未見書」，一切看後再議。特予申明。

談論《圍城》的話題，需要緊扣文本，以便充分展示其文學

本質，才能使我們讀懂這部有些特殊性的作品。行文直引精文妙語，讀者應該不會嫌其重複，尚可免除翻檢原書之累。重讀的享受，定能匯集讀者最公允的評論。

錢先生自己說起《圍城》，有兩句普通話，令我琢磨多年，念想不忘。

第一句說，《圍城》是他「一個字一個字寫出來的」；第二句是，「我三十多歲寫小說《圍城》，想用小說原本技巧，打敗小說。」

我多次聽到過他用不同的語氣說這兩句話，比如「《圍城》的字」「小說打倒小說」等，都是壓縮版本。說這些話時，讓聽者有時覺得他是在回憶，有的又好像在對比，還有似乎帶着淡淡的自得。當然，多數人會以為那是一種謙遜之語，甚至乾脆就是搪塞敷衍之辭。上世紀 80 年代初，在台灣與大陸間隔三十多年後，《圍城》先後再度在兩岸面世。我仔細地讀過數次之後，終於明白，那是兩句實實在在的真話。

先讓我們說第一句。《圍城》文本形成工序，與先生教人寫文章的方法一致，包括一選字、二構詞、三引語、四造句、五成章諸步驟，《圍城》顯然是用極其精緻的手工一字字編織而成。

一、選字和構詞

既然錢先生說到「字」，讓我們就從「字」說起。

據統計，《圍城》共使用不重複的漢字 3,317 個。只就使用漢字數論，多於唐朝因用字冷僻被戲稱為「詩鬼」李賀的 2,629 字，而和李白的 3,373 字、杜牧的 3,130 字相當。比起我國 1993 年 8 月 1 日公佈的《掃除文盲工作條例》第七條規定「個人脫盲的標準是：農民識 1,500 字，企業和事業單位職工、城鎮居民識 2,000 個漢字」標準，被早出的《圍城》超出許多。誰也不能說農民不能讀《圍城》，只是少有罷了；至於要讀懂讀通，似乎不止和認識漢字的總數相關，所以不必把起點定高。一目十行不可取，還是一字一句來讀吧。

新世紀第一年第一個月，北京三聯書店出版了繁體字版的《圍城》，而沒有採取一個全集使用繁簡兩種字體的方式，保存

了從字探索《圍城》文本的可能。

話說方鴻漸同事張吉民,有位「不惜工本」養育十八年的獨生女兒,他相中鴻漸做女婿,邀赴張府候選。經過充分的家境、資歷調查分析,女方都很滿意。可是方少爺心中另有所屬,不得不應付輿情和金主周行長小算盤,於是作者先為其預設了計劃「購買皮大衣」「看古董估值」兩件事;而後與小姐相見,才弄明白她好似名叫「你我他」。錢先生順手為考據家留下一個無解難題,同時續寫:書架上放一本燙金題《怎樣去獲得丈夫而且守住他》的藍色封面小書。經一連串鋪平墊穩之後,飯桌一坐,鴻漸有了表演計較斤兩機會,以求為對方製造出自己被拒的理由,從而構成雙方都可接受的結論:他們「沒有『舉碗齊眉』的緣分」。(52 頁。本文所註頁數,均見 2001 年三聯本《圍城》,以下不再註出版本)

選一個「碗」字,引申為飯碗,一字扭轉了「舉案齊眉」的莊雅風致,從內心算計到形式邏輯均予以妥貼安置,構成幽默的冷喜劇藝術境界。錢鍾書先生在這裏一舉推翻了語言學家把成語定義為「定型詞組或短句」的主觀構想(請參見印刷了五百多次的《現代漢語詞典》,第六版頁 166)。作者選字之苦心可見一斑。

其他字如「阿福不顧墳起的臉」(204頁)的「墳」字；「嫩陰天」(75頁)的「嫩」字；「萬目睽睽」(64頁)的「萬」字，都是作者精心立足「形」「音」「義」三要素——煉出漢字的例子。事實證明，錢氏煉字高難度，往往表現在普通字裏，很少請冷僻字幫忙。

錢先生一直認為，用中文做文章，一定要以字為基本單位，再一字一句地構成大塊文章。只有字字仔細推敲，才能把文章寫得生龍活虎。外國語文則完全不同，它是以詞為單位，根本沒有字這層台階。如果我們從今而後，為文一定要以詞典上能查得到的詞彙為限，肯定算不上好文章。一切《漢語詞典》均是《漢語字典》的下游。實際上為了補救「詞典」先天缺欠，將其稱作「字詞典」較為妥當，但為實現商業利益和傳統認識，出版商是不會答應的。

錢鍾書先生有一個著名學術結論，他說：寫文章做詩「講究『煉字』，是一個悠久的傳統」。他同時引黃庭堅所說「安排一字有神」，盧延讓詩「吟安一個字，撚斷數莖鬚」，無名氏詩「一個字未穩，數宵心不閑」等 (見《錢鍾書論學文選》第4冊386頁)。「一個字一個字寫出來的」，大約只有錢鍾書說到做到。當然，他也經常指出許多「一個字」也害人不淺。比如一個「的」字，文言中只有「目標」一解，無其他用處。白話一興，白勺的，詩文裏漫天飛舞全是「的」，連歌詞都已氾濫成災，可不能輕視它的能量。

　　文化是國家產生、成長和發展、繁盛的關鍵性元素。其他條件還有自然環境、歷史傳統、政治沿革、民族習俗、宗教信仰等，他們和文化同樣重要。而語言和文字則是文化裏可聞可見之核心紐帶。錢鍾書先生認為，如果有人企圖消滅一個國家，分裂一個民族，其基本方法之一便是毀壞銷融其文化。特別需要針對那些精彩表達的繁複方式，用趨易和拯救為誘餌，飾以進步、改革直至革命名義，予以閹割甚至扼殺。而鞏固、發展文化只能依賴文化自身。一個字，一節音，就是文化基因。錢先生說：「字斟句酌，《圍城》初稿完成，日本投降，《文藝復興》主編鄭振鐸、李健吾搶着發表，大家都高興。」

　　《圍城》作者在精到選字之後，便展示着種種絕妙構詞。

　　我們翻開《圍城》的首頁，令人耳目一新的詞兒撲面而來：開駛、紅消醉醒、睡人、兵戈之象、濕意、坐立、炎風、鹽霜、曬萎、烘懶（以上1頁）。我們再向下隨意翻檢：遠到之器（10頁）、極邊盡限、冒昧越分（以上93頁）、朝參（98頁）、恩意（118頁）、遮飾（119頁）、顯敞（272頁）。以上共十七條，可作為我們隨機所選例詞。

　　漢語詞以字為基礎，構詞成型既相對穩定而又非常隨適，中文的構詞異化現象應視為通例。人類的思想如果反

被舊有詞彙禁錮，便會妨礙文化進步和發展。

記得上個世紀 60 年代在下放到學部幹校之初，一次我曾親見丁聲樹和錢鍾書先生一起燒小鍋爐，我還奇怪，原來負責燒火的軍頭吳曉鈴先生，不知那天怎麼不在位，頂工替班者竟成了丁先生。丁錢二位先生配合十分默契，蹲在那裏一邊勞作，一邊探討問題，交談得非常歡暢，恰好一幅淒美的畫圖。他們似乎並不理會洩露的煤煙和亂倒的剩水，小鍋爐是一塊「福地」，離開了，便會有嚴格的「紀律」，還有許多兇猛的批判和不屑的鄙夷。我雖身強力壯，卻不能幫他們提上一桶水，傾倒一筐煤灰，只剩下揩油旁聽的專利權。原因是我戴着一頂「等候從嚴」的帽子。當時，幹校茶爐棚小，茶爐也小，水要一桶桶加，燒水技術需要一步步熟練。打開水者隨來隨往，行駐不一，輿論自然起起落落，壓力和溫情並存，絕不同於大小批鬥會，曾有一位中年「五七」戰士為此還寫詩讚頌。天氣逐漸大冷，此前數天為節省煤炭，領導決定開始要挑揀煤渣，由錢先生擔綱。不料先生一上場，赤手操作，手指血流，慘不忍睹。我看着那座煤渣小山，忍不住幫忙，先生卻堅拒不允。我只能求其次，立刻到行李中找來皮手套，先生不要，便強迫他戴上，並說，「不聽話，我真要胡鬧了」。二位先生還曾為「胡鬧」一詞的古往今來討論過一番，非常精彩。後來我採取「腳踩法」，很不容易被人發現違紀，後來先生只揀

不敲，也省了一點力氣。

先生們談論多涉《現代漢語詞典》的編纂體例和例句問題。錢先生曾明確說過以下兩點：漢語不應追隨西語，漢語詞彙是無盡的，靈活使用漢字是基本功，編詞典只能顯示「過去」和「他人」，不能限止「將來」和「自己」。第二點，所謂「詞典」只是用字組成詞彙偶然的結果，形式一定經常會被修定，在詞典上應該表明更改內容及修正人姓名，以示源流及責任。

在「文革」結束之後，《現代漢語詞典》正式出版，我從未見錢先生使用過。但有一次錢先生突然向我說，《現代漢語詞典》開始署名了，為甚麼沒有丁聲樹先生？你為甚麼不去作證啦？不久我見到語言所單耀海先生，向他轉述了錢先生的意見，單先生答應下次付印時一定不會忘記丁先生。後來，果真以單頁形式置丁先生於呂叔湘先生名下了。單先生送一本樣書，命我轉呈錢先生，先生命我留下，誇讚了單先生。

現在，我們把上列隨機由《圍城》起始頁抽出的十七個詞，一一查檢目前在法庭上多次引以為證的《現代漢語詞典》，結果除「鹽霜」涉及「化工」詞類之外，尚有「坐立」和「冒昧」二詞與《圍城》詞僅「局部」相同，就辭典來說

算不上查到。因此可以做出結論：有十六個詞沒有查到，命中僅有百分之五。當然誰也不會説《圍城》違法，只能説明「現代詞學」尚需深入研究。而漢語理論水平，對現代科技，特別是對電腦中文理解所推動的人工知能項目，至關重要。這裏我應該開一個小差，「人工智能」詞一出現，錢先生問我，為甚麼用「智」字，那是人所獨有的呀，機械發展，有時能力過人，完全可能。但萬不會達到使用「智」字的水平，如果説「智」已實現，就是吹牛。吹牛是人性，機械就玩不來。先生在評價推介「中國古典數字工程」時就用「知」字，後來別人誤會，還特意讓我寫文替先生澄清。

錢鍾書致社科院副秘書長楊潤時的信

其中有一段：

作為一個對《全唐詩》有興趣的人，我經常感到尋檢詞句的困難，對於這個成果提供的絕大便利，更有由衷的欣悅。這是人工知能在中國古典文學研究上的重要貢獻。

下面還讓我們再說幾句字和詞相關的題外話。經驗告訴我們「現代詞學」不能高居於「漢語字學」之上。不知有字，哪兒有詞。詞既廣博又靈動，決不如使用漢字深邃而穩定。多年來，詞典興，字典衰，表明着學界、商界共同看法。照此下去，新科技人工知能還必須走西文洋路，做二等公民，低頭花銀子，想開了也習慣，算不得事。問題是我們放棄漢字所獨有的無以倫比的理解力，太可惜了。錢鍾書在這一點上為中國做出榜樣。現在照樣走，不算晚。百分之五這個事實說明，使用《詞典》寫小說，似乎寫不出先生那樣的作品。換個說法：「假設錢先生使用《詞典》，會把《圍城》寫得更好」，恐怕沒有讀者會支持這個有違常識的說法。

我們知道，創造一個詞，應該說是一件不容易的事情。

小説《圍城》中，起碼有三個重量級詞彙是應記在錢先生功勞簿上的，或有直接關係。

首先該是「電視」一詞。在《圍城》中，電話一詞使用 83 次，汽車 64 次，電報 32 次，電影 22 次，還有電車、電燈、火車、冰箱，全部應屬於作者不熟悉的對象。而「電視」一詞出現過兩次。它出現得既不平也不凡，故作者在小説《圍城》中，不惜筆墨，讓主人公方鴻漸出場詳細描述其詞意：

> 方鴻漸説「還有電話來，真討厭！虧得『電視』沒普遍利用，否則更不得了，你在澡盆裏、被窩裏都有人來窺看了。教育愈普遍，而寫信的人愈少；並非商業上的要務，大家還是怕寫信，寧可打電話。我想這因為寫信容易出醜，地位很高，講話很體面的人往往筆動不來。可是，電話可以省掉面目可憎者的拜訪，文理不通者的寫信，也算是個功德無量的發明。」（80 頁）
>
> 方鴻漸這時候虧得通的是電話而不是電視，否則他臉上的快樂跟他聲音的惶怕相映成趣，準會使蘇小姐猜疑。（95 頁）

兩次引用，都值得我們注意，第一次用了引號把電視括起來，表明作者的嚴謹態度，起碼有試用的意思吧。第二次便用得坦坦蕩

蕩，毫不猶豫。今天我們讀起來「電視」，特別是電視電話二者結合的描述或者乾脆稱為設計，從純技術層面說，錢鍾書先生的預言會令人大為震驚。誰都知道，直到約十多年後的北京，才有了中國第一台自己組裝的黑白電視機面世。1946 年《圍城》開始在《文藝復興》雜誌上連載，那時美國可能已有「TV」一詞，正等着中國人花費大額資金來享受它，但那個製造「TV」的商人決不會為可憐的中國人起一個「電視」的好名稱。據一位友人稱，他曾在 1933 年 6 月出版的《現代語詞典》一書看到「電視術」一詞，註云「見電傳真」，顯然是指新聞通訊的舊詞更新。到了 1937 年 6 月，新亞書店所編《自然科學辭典》則認為該詞和「有聲電影」無異。顯然《圍城》作者預見到該技術一定會走進人類生活，早早將其寫進小說裏。

此種狀況正如 1984 年是錢鍾書先生讓我搭乘計算機研究古典的遠見卓識一個樣。那時社科院曾為新成立的室名爭論不休，錢先生贊成「電腦」這名字，但領導不同意，一切行走公文只用「計算機」稱之。錢先生頗不以為然，認為「電腦」比較恰當，說它人性化，更不能因台灣採用而我們非得用「計算機」。因此隨手便拿了一位客人的名片寫了英文的室名，那絕不會涉及兩岸有分歧的議題。但

他強調「Data」（即「數據」）的重要地位，這實際上也是三十多年來我們工作的指導原則。怕犯政治錯誤的領導依舊不贊成，名片的原主人倒引起領導的熱切關注，探問可否請錢先生向這位大客人寫推薦子女的信件去英國留學。

另一個被全體華人接受的詞則是「圍城」本身。它的著作權和專有權都毫無疑問屬於錢鍾書。而其詞彙的內涵和外延都不太明確，需要在《圍城》中找，最通行的是用「逃出來」和「衝進去」表述，應該說是準確的文學性概括，同時充滿着中華文化模糊含蓄的特徵。嚴格來說，這一個關於這本小說的概括應限制為「出不來」和「進不去」才生動精確，完全與作者所立標題相關。《圍城》一書，隨着多語種譯本出版，總印量已接近千萬級。「圍城」一詞，已經真正走向了世界，它帶着厚重輝煌的中國文化特質，屹立於人類文學高峰之上。

關於「圍城」，作者除引用一位西人觀點之外，並沒作深入解釋。圍城按照字面邏輯推演，可以有以「圍」字為中心的衍詞「圍家」「圍牆」「圍國」之類，也可以有以「城」字為中心的泛語「築城」「守城」「攻城」，甚至可與「拆城」「遷城」似相涉。從古文字發展來説，「圍城」的字義和詞源，都不可能離開人類文明發展而演變。人類設計了城，人類也構築了城，城為人所依賴——包圍着自己。保護、利用、禁閉、囚困，相互輔佐制約。

「圍城」一詞作為一本小説之書名，用處一變，語義內涵和外延自然產生很多變化。這種變化以至於凝固過程，都屬於小説作者思想勞作的成果，全部作品都為那個書名詞語的塑造成型出力。

「圍城」不同於「電視」，它古已有之。經查錢先生力主建設的「中國古典數字工程」的「古典庫」，該詞出現頻率數百次之上，是一個普通的屬於軍事類詞彙。

戰國時期的《吳子·應變》第五有「凡攻敵圍城之道」；《商君書·兵守》第十二有「此謂以生人力與客死力戰，皆曰圍城之患」；《墨子》卷十三有「凡守圍城之法，厚以高，壕池深以廣」；漢武帝劉徹《元封二年詔》有「今兩將圍城」；息夫躬《疏》有「卒有彊弩圍城，長

故用兵之法。高陵勿向。背丘勿逆。佯北勿從。銳卒勿攻。餌兵勿食。歸師勿遏。圍師必闕。窮寇勿迫。此用兵之法也。

異文　倍丘勿迎。詳北勿從。圍師遺闕。歸師勿遏。此用眾之法也。〇〇五八七　銀雀山漢簡

餌兵勿貪。　十六‧兵一百五　通典卷一百五

歸師勿遏。圍城為之闕。　列傳第六十九下‧漢書卷九十九下

孫子集卷一

二十　中國古典

新世界出版社出版《孫子集》書影

戟指闕」；馮異《遺李軼書》有「嚴兵圍城」，都是較早的用法。其中最早的當然應推《孫子集》卷一（見本書圖）。大致從唐代開始，增新了用法，如「於圍城得出」（姚思廉《梁書》卷四十一）；如「以報圍城之役」（脫脫《遼史》卷八十三）；如宋呂本中《兵亂後自嬉雜詩》第二十四首：「君父圍城內，忽逾三月期」；趙鼎《泊白鷺洲時辛道宗兵潰犯金陵境上金陵守不得入》其一「時時心折夢圍城，南來客枕能安否」；曾敏行《獨醒雜誌》卷八「其人歸自太原圍城中」。還有徑直成了一個地名，如唐人《成公夫人墓碑》「夫人姓成公，滑州圍城人也」。諸多用法，並無錢先生使用之情況。事實證明最早出現的地方為「中國古典數字工程」編就「萬人集」由新世界出版社正式出版的《孫子集》線裝本卷一第20頁，書影如左。

《圍城》被錢先生選作小說書名，充分展示着人類文化繁花似錦以及令人迷茫、無奈和混沌的現實。它既能讓人平靜安心，同時又令人痛苦鬱悶。它能使大家習以為常，又會在頃刻間令人狂怒不已，甚至以死相爭。《圍城》展現在表面淡雅裏的幽默，而內心卻掩飾着不可抑制的懣怨。

錢先生下手輕輕的兩個字，按作者的本意，推演到那本小說最後 21 個字的鋼鐵般的定義上：

「包含對人生的諷刺和感傷，深於一切語言，一切啼笑。」——圍城。顯然，不是一個小的詞彙，更不只是個小說的題目。它會被人們永記不忘。這種詞義的轉換，實際上比起創造一個詞彙的難度更大。我們已經大致證明一個起點和新定義詞語的確立，非凡人所能為。

據我所知，出現在三聯版 396 頁的「精神文明」一詞，錢鍾書也擔得起超前使用的地位。上世紀 80 年代中期，國家曾組織外文局等外事部門討論此詞的譯法，曾邀錢先生參加。始料不及，他反對正面的使用該詞。會後我曾向他說起，這個詞在《圍城》中有。他說：「我知道，那正是不能正面使用的例證。」方鴻漸和孫柔嘉吵架，方鴻漸「不用刀子、繩子、砒霜，而用抽象的氣」編造的罪名，孫柔嘉並不會害怕，一個詞，既便是一個看似出奇的新詞，能

有甚麼用？文明嘛，都是精神的，和「氣」怎麼能分，又怎麼能構成修飾和限制關係？錢先生反覆多次指出：我們搞亂了，很像方鴻漸，讓外人笑話啊。當然了，他的意見不會被接受。面對此詞特殊複雜的狀況，所以錢先生破例出席了這次會議。當時我國專家主張使用「spiritual civilization」譯法，錢先生對此一直首肯，但外國專家李敦白主張使用另一譯法，「spiritual song」。據說在會議當場，錢先生引用了為李先生授業解惑的老師的著作，致使友人敦白先生啞口。但該詞作為口號推行了，如果再配合上不妥的英文譯法，就會錯上加錯。錢先生的科學論辯和理論闡述，一個「精神文明」，涉及多個學科，既有文化、宗教，又與語言和政治有關。那次討論會給專家和官員留下極為生動的印象和傳說。誰都知道，有關錢先生傳說，不管簡單和複雜的事，總會變成各種樣式的談資，甚至矛盾重重。錢先生聽說，一笑：「虧我早寫《圍城》。」

　　如果我們窮其一生創造一個詞，能讓全中國全世界接受並使用，可以說那位人士未曾虛度一生。何況兩個三個或者更多，顯然難上加難。順便再記下一件和造詞有關的事。錢鍾書先生曾贊成為電腦文本起名「電書（telebook）」，並為 90 年代初新成立的「中國社會科學院計算機室」的產品英文命名，無尚榮耀之至。現在可以無需任何理由，在中國社會科學院稱計算機也好，稱電

腦也好，甚至正確認識它們的基石是「data──數據」也好，反正所有關於 computer 的新概念新詞彙已在錢先生生前都被從社科院撤銷了。

錢先生更不為人們所知的一項有關「技術秘密」卻是：80 年代之後，自從製造出壓電晶體後，有了新式打火機，我們逐漸已不再使用火柴，那時，他方才學會劃火柴以點燃煤氣灶，我跟着楊絳先生為此還高興好一陣呢。這條「技術秘密」可能一度成為我們偽擬錢先生倡導電腦古文獻學的證據。堂堂中國社會科學院總有幾個人會說，「啊，他連火柴都不會用，怎麼懂電腦？」好在錢先生有關電腦的許多真知灼見，公開發表在他過世的 1998 年 12 月之前，可以說鐵證如山，是任何人也無法否認的事實。

錢鍾書的構詞非常精妙，從不會造成閱讀困難，隨時間推進也不會造成曲解，很值得深入研究歸納。錢鍾書的構詞方式和風格證明偉大的中華漢字文化是不熄之火，熱度灼人，照亮世界。

二、引語

　　《圍城》作者在選字、構詞之後，按照錢先生自己敍述的順序，應該分析一下「引語」的問題。他所謂的「引語」實為「引用之語」，這其中包括人名、地名、書名，還有成語、諺語、歇後語、他人詩文之語等。其中最讓人關注的是所謂「成語」。他經常說「成語」——或典故之類，定義不確。他不同意成語和典故穩定凝固的結論。認為把成語之類歸為「正」和「反」，甚至「褒」「貶」和「中」三類，都是不懂為文為詩的說法。這些人為的「定律」與漢語的實際完全不符。他經常會比喻地說，「字典」「詞典」之後，應該編輯「語典」，而不應該編那些認為固化不變的《成語詞典》，只應出「語典」才和漢語相當，一定要改變錯誤的觀點。不能在學生中宣傳那些錯誤語法常識，更不能對可憐的學生採取強行扣分的無理行為，語文課本上規範的

成語，往往被古代經典打得粉碎。經典支持學生。但這條常識至今還沒有被充分認識，完全合格的「語典」也沒有一本出版，錯誤規則還沒有改正。正式試卷和很多娛樂節目，還在藉此無理訓導、荒謬扣分和離譜嘲笑着年輕學人。從錢先生健在時開始，我的一位友人裴公效維，依照錢先生的學術觀點，在「中國古典數字工程」協助之下，通過二十餘年的努力，基本完成了《中華語典》的修纂工程，它將作為語文應用研究的重大成果面世。

在《圍城》和錢著中，關於「語」的引用，特別是所謂成語和歇後語使用相對較少。偶爾使用的時候，都表現出靈活性。比如在《圍城》第一章中的「故鄉風味」和「世界潮流」（2頁），在方老太爺訓子信中「千里負笈」「對鏡顧影」「濡染惡習」（9頁）都是準格式化而又有特殊風格的常用語彙，而關於「東方大學」「東美合眾國大學」「聯合大學」「真理大學」（13頁）等等半真不假的稱謂，則完全成了嬉戲之語。

《圍城》作者在小說、論文或散文中，從來不習慣使用限制性大的語彙，比如「結為秦晉」（371頁）這個特別有名的「成語」，便是在順用前提下，加上反其意扭轉使用的。他公開說，歷史事實證明，用「秦晉」描繪婚姻，有

好希望一面，也有壞事實一面，借《圍城》版面生動地為自己的「發現」做宣傳。開拓自由文心，絕不肯受到任何限制和約束，他的詩句「毫端風虎雲龍氣，空外霜鐘月笛音」乃是不變的目標。我們前邊已說過，先生不贊成語文學者所力主的「成語」定義，他一直說「成語不成」，正如詩文中的典故一個樣，可以正用，也允許反用，全視語義而定。如果需要限制正反使用，自然能增強語義學家社會存在理由，但是屬性限制必然會僵化萬靈通便的漢語言文字。在電腦應用過程中，我所使用科學的精確檢索，充分證明了語言學所構築的成語定義，已經被勢不可擋的大數據流所推翻。

《圍城》裏的「引語」，多數是人名和書名。錢先生充分使用作者權力，在選取和新構語彙過程中可謂匠心獨到、意象萬千，更貼近文化歷史。在人物命名上出色的《紅樓夢》都不可與之相比，《圍城》勝計多多。

《圍城》中人物約有 70，其中登台上場者 57 人，其姓名字號大多俱全，老父方遯翁一人竟有三種稱法。未曾出場的人物包括：物理系呂老先生；從桂林來的英文系主任劉先生妹妹；歷史系主任韓先生的太太；教育系主任孔先生；在《滬報》上發表外國通訊的薇蕾；接受劇作者題辭的范懿、李健吾、曹禺、林語堂、王爾愷，最後還有鷹潭題壁者許大隆和王美玉二人。

　　作者對中國古代的戲劇小說早已爛熟於心，精心編製和使用姓名是一個特別重要的機會。《圍城》小說中大約有近 20 位主要人物，他們是：方鴻漸、唐曉芙、蘇鴻業、蘇文紈、孫柔嘉、鮑小姐、汪太太、趙辛楣、曹元朗、顧爾謙、韓學愈、曹元真、陸子瀟、李梅亭、高松年、汪處厚、董沂孫、董斜川、褚慎明等，眾多人物都被冠以性格化姓名，一亮相便會讓讀者看出破綻，並心悅誠服。聰明作者虛虛實實，好像有意在挑逗讀者探索的興趣。執着的尋找者，不可能戰勝聰慧作者。蛛絲馬跡多多，筆鋒一轉，煙消雲散東流水，留下許多意味深長的聯想。

　　一位友人曾自稱「索隱」《圍城》姓名大有收穫，我便拿了他的成果，送到作者面前。先生對一切成文，總是樂於閱讀，一目十行，立即交回，他全部已經看清，且過目不忘。然後，他笑了，說：「對不住，讓他浪費很多時間，不能說不沾邊際，但比《紅樓夢》研究好得多了。」事實告訴我們，深諳幽默的作者在創作時，賦予每位人物姓名時，應該說是一次展示中華文化的大好時機。給新生孩子命名，與此極為相似。惟一的不同，對孩兒只能讚許和期冀，而錢先生對他所創造的人物，賦以濃鬱古風今趣包裹的姓名，往往透露出冷峻和永誌不忘的笑料。

我們選擇上列的主要人物名單，減除姓氏，投入由錢鍾書先生指導的「中國古典數字工程」雲數據計算系統運行，除「文紈」一人與「李紈」僅稍有消息互通之外，全部中的，其名謂全部可以有古人對襯。以子之矛攻子之盾，吾師之幽默才智，曠古未聞，雲數據裏查而不漏，即為明證。

令人噴飯的是《圍城》本身也對人名的推敲和考究做出範本，有如魔術大師一邊口說「閒言碎語」，一邊做動作：方鴻漸不得不去張家相親，作者從頭到尾也沒道出對象的名號，反以「我你他」小姐名之，我們在本文前邊已提到，但未說到作者的一番考訂，甚麼「想來不是 Anita，就是 Juani」或乾脆是「Nita」，頑皮作者真能讓我們一邊讀一邊要好好笑上一陣。

作者藉人物之口說，「因為『芝麻酥糖』那現成名詞，說『酥』順口帶出了『糖』；信口胡扯，而偏能一語道破」，閒話至此，本可以告結，但《圍城》不幹，筆鋒一轉非得說出「天下未卜先知的預言家都是這樣的」。（130頁）深入考索的嚴肅語態，恰為讀者畫出快人快語的先生本人：

> 一個叫陳士屏，是歐美煙草公司的高等職員，大家喚他 Z. B.，彷彿德文裏「有例為證」的縮寫。一個叫丁訥生，外國名字倒不是詩人 Tennyson，而是海軍大將 Nelson，也在甚

麼英國輪船公司做事。（50頁）

　　方鵬圖瞧見書上說：「人家小兒要易長育，每以賤名為小名，如犬羊狗馬之類」，又知道司馬相如小字犬子，桓熙小字石頭，范曄小字磚兒，慕容農小字惡奴，元又小字夜叉，更有甚麼斑獸、禿頭、龜兒、獾郎等等。（137頁）

　　我們據此節行文，把諸「醜稱」也送入「中國古典數字工程」人名庫查檢，40萬古人的信息資料證實錢先生所舉是實。而對錢先生留下的稱謂也一一可以得到答案。「斑獸」──南朝宋戰將劉湛；「禿頭」──晉朝慕容拔；「龜兒」──唐白行簡之子；「獾郎」──宋王安石。此節完全可以作為「科學研究」論文的素材。自己把考據推到極致，是推翻幼稚、偏執考據的一條捷徑。

　　至於書名及其作者的引用，也應屬於「引語」範圍。

　　把書名和作者寫入小說，顯然對自稱「讀書人」的作者來說，輕車熟路。先說西方從荷馬到柏拉圖的太米藹斯對話、《天方夜譚》、莎士比亞戲劇、畫圓的吉沃士，還有方鴻漸沒有讀上的《白雪公主》《木偶奇遇記》等等，應有盡有，簡直可以說是一份圖書目錄。中文方面大致有

《問字堂集》《癸巳類稿》《七經樓集》《談瀛錄》《大明會典》和《永樂大典》，《三國演義》《水滸傳》和《西遊記》，博學作者在此處似乎有意忘記了另一本名氣更大的小說。雜書更多：《東方雜誌》《小說月報》《大中華》《婦女雜誌》《西洋社會史》《原始文化》《史學叢書》《倫理學綱要》《家庭與婦女》《文化與藝術》《滬報》《文章遊戲》《家庭大學叢書》，這些書籍名號似乎無一出自虛構。

作者別致地做起了圖書推銷摘要：

諦爾索（Tiersot）收集的法國古跳舞歌。（95頁）

洛高（Fr. von Logau）所說，把剌刀磨尖當筆，蘸鮮血當墨水，寫在敵人的皮膚上當紙。（參44頁）

《人生從四十歲才開始》是當時流行的一本美國書籍。（237頁註）

想把《鏡花緣》裏的奇方摘錄到商務印書館第十版的《增廣校正驗方新編》的空白上。遯翁見到兒子，說出自己的「學術計劃」。（140頁）

鮑小姐纖腰一束，正合《天方夜譚》裏阿拉伯詩人所歌頌的美人條件：「身圍瘦，後部重，站立的時候沉得腰肢酸痛。」長睫毛下一雙欲眠似醉、含笑、帶夢的大眼睛，圓滿

的上嘴唇好像鼓着在跟愛人使性子。（15頁）

《三國演義》裏的名言：「妻子如衣服」，當然衣服也就等於妻子；他現在新添了皮外套，損失個把老婆才不放在心上呢。（53頁）

方鴻漸因為贏了錢，有說有笑。飯後散坐抽煙喝咖啡，他瞧見沙發旁一個小書架，猜來都是張小姐的讀物。一大堆《西風》、原文《讀者文摘》之外，有原文小字白文《莎士比亞全集》、《新舊約全書》、《家庭佈置學》、翻版的《居里夫人傳》、《照相自修法》、《我國與我民》等不朽大著，以及電影小說十幾種，裏面不用說有《亂世佳人》。一本小藍書，背上金字標題道：……（51頁）

故事情節被這一大堆書名和有板有眼正經提要推進着，讀者在閱讀同時，也會高興地獲得純意外的新鮮知識。作者似乎認為，這些內容，可以助推讀者閱讀的自信心。文化階梯的上升，引出深層的啼笑，會意想不到地縮短作者和讀者的距離。

三、造句和成章

　　《圍城》的作文方法，我們由選字、構詞、引語逐步深入，下面應推進到造句階段。在海量例句中略選幾個加以點評，便足以表現作者造句技巧的深厚功底和驚世才華：

　　辛楣和李梅亭吃幾顆疲乏的花生米，灌半壺冷淡的茶；（209頁）

　　上來的湯是涼的，冰淇淋倒是熱的；

　　魚像海軍陸戰隊，已登陸了好幾天；

　　肉像潛水艇士兵，會長時期伏在水裏；

　　除醋以外，麵包、牛油、紅酒無一不酸。（以上20頁）

　　句式平常，可以寫出不平凡的句子。小句子也精神：

　　她脫下太陽眼鏡，合上對着出神的書。（14頁）

層層疊加：

　　後腦裏像棉花裹的鼓槌在打布蒙的鼓。（135頁）

繁瑣結構為複雜關係開路：

　　是蘇鴻業、曹元真兩人具名登的，要讀報者知道姓蘇的女兒和姓曹的兄弟今天訂婚。（145頁）

性格化句子，生動地表現人物特性：

　　她不會講法文，又不屑跟三等艙的廣東侍者打鄉談。（16頁）

簡單至極的句子，但可提高到理論和法律層面：

　　你可以享受她未婚夫的權利而不必履行跟她結婚的義務。（16頁）

非汪太太，説不出這句話：

你們新回國的單身留學生，像新出爐的燒餅，有小姐的人家搶都搶不勻呢。（274頁）

不是方鴻漸群，怎能有如此句子：

現在剛是深秋天氣，還顯不出它們（歲寒三友：蒼蠅、蚊子、臭蟲）的後凋勁節。（190頁）

深入牙髓的譬喻，入人心肺：

這春氣鼓動得人心像嬰孩出齒時的牙齦肉，受到一種生機透芽的痛癢。（54頁）

忠厚老實人的惡毒，像飯裏的砂礫或者出骨魚片裏未淨的刺，會給人一種不期待的傷痛。（5頁）

下降式譬喻句，震撼山嶽：

火箭，到落地時，火已熄了，對方收到的只是一段枯炭。

（97頁）

　　蘇小姐覺得鮑小姐赤身露體，傷害及中國國體。（5頁）

　　鴻漸想政府可以遷都，自己倒不能換座位。（69頁）

突然反轉句，跌宕文字：

　　我們對採摘不到的葡萄，不但想像它酸，也很可能想像它是分外地甜。（2頁）

不相類比較句，效果更佳：

　　小茶杯裏興風作浪。（134頁）

詩評家毛病，一針見血句：

　　讀着一首詩就聯想到無數詩來烘雲托月。（89頁）

先肯定再否定，讓人撲空句：

　　興趣頗廣，心得全無。（11頁）

引典行文，言之有據的戲句：

文言裏的雅稱跟古羅馬成語都借羊來比：「愠羜。」（69頁）

對偶行文，以詩律翻轉造句，靈動異常。錢氏為文擅長此難
為之技，絕少使用排比之句：

那個女孩子是「無忘我草」和「別碰我花」的結合。（註
釋翻譯）（128頁）

不要有了新親，把舊親忘個乾淨。（33頁）

蘇小姐理想的自己是：「豔如桃李，冷若冰霜」。（16頁）

父親是前清舉人，在本鄉江南一個小縣裏做大紳士。（8頁）

機會要自己找，快樂要自己尋。（15頁）

嫁女必須勝吾家，娶婦必須不若吾家。（38頁）

他們家醜不但不能外揚，而且不能內揚。（360頁）

賢婿才高學富，名滿五洲。（11頁）

身心龐然膨脹，人格偉大了好些。（37頁）

一個句內標點，便突出性格——矯情：

汪太太輕蔑地哼一聲：「你年輕的時候？我──我就不相信你年輕過。」（275頁）

莫遣佳期更後期。（275頁）──乾脆做成詩句。詩人錢鍾書似乎不為讀者所聞。請參《槐聚詩存》，可知大詩人之稱，他本當之無愧。

在吵架的時候，先開口的未必佔上風，後閉口才算勝利。（324頁）──把生活細節誇成大定律。

太太像荷馬史詩裏風神的皮袋，受氣的容量最大，離婚畢竟不容易。（371頁）──以遠喻近，威力更大。

氣頭上雖然以吵嘴為快，吵完了，他們都覺得疲乏和空虛，像戲散場和酒醒後的心理。（372頁）──作者總結文字精妙，夫妻吵嘴，無逾其深。

《圍城》的文本，最終是從句成章，《圍城》的文句，有如花朵和彩雲，在這裏編織一體，成了文章，綻放開來。

作者不是就其整個作品一下子向我們展示他的文字──文學的堅實功底，而是由他的每一部著作，每一篇文章，每一個節段，都證明中國文學應有的模式。錢先生筆下幾個字甚至一個字構詞，詞入小句，小句成章，間或

插入引語，每一步都會發生魔術般的變化，以至七十年前的《圍城》至今仍然讓人感到妙筆生花。更有趣的是，作者竟會用自己造就的人物方鴻漸之口，自我調侃：「把這種巧妙的詞句和精密的計算來撫慰自己。」（25頁）這類回轉木馬的笑果，多為作者造句成文所倚重。讓我再舉兩條簡例：

> 只聽得阿醜半樓梯就尖聲嚷痛，厲而長像特別快車經過小站不停時的汽笛，跟着號啕大哭。（369頁）
>
> 他沒演話劇，是話劇的不幸而是演員們的大幸。（230頁）

錢先生不但是中文大師，而且是英文高手，只有他才能生動精確地作出以下這般描述。好文章不怕多，一律不作中間刪節。以下再舉幾節作者自鳴得意的成文，好讀好玩。

> 張先生跟外國人來往慣了，說話有個特徵——也許在洋行、青年會、扶輪社等圈子裏，這並沒有甚麼奇特——喜歡中國話裏夾無謂的英文字。他並無中文難達的新意，需要借英文來講；所以他說話裏嵌的英文字，還比不得嘴裏嵌的金牙，因為金牙不僅妝點，尚可使用，只好比牙縫裏嵌的肉屑，表示飯菜吃得好，此外全無用處。他仿美國人讀音，惟妙惟

肖，也許鼻音學得太過火了，不像美國人，而像傷風塞鼻子的中國人。（48頁）

　　唐小姐眼睛並不頂大，可是靈活溫柔，反襯得許多女人的大眼睛只像政治家講的大話，大而無當。古典學者看她說笑時露出的好牙齒，會詫異為甚麼古今中外詩人，都甘心變成女人頭插的釵，腰束的帶，身體睡的席，甚至腳下踐踏的鞋襪，可是從沒想到化作她的牙刷。她頭髮沒燙，眉毛不鑷，口紅也沒有擦，似乎安心遵守天生的限止，不要彌補造化的缺陷。總而言之，唐小姐是摩登文明社會裏那樁罕物——一個真正的女孩子。有許多都市女孩子已經是裝模做樣的早熟女人，算不得孩子；有許多女孩子只是渾沌癡頑的無性別孩子，還說不上女人。方鴻漸立刻想在她心上造個好印象。唐小姐尊稱他為「同學老前輩」，他抗議道：「這可不成！你叫我『前輩』，我已經覺得像史前原人的遺骸了。你何必又加上『老』字？我們不幸生得太早，沒福氣跟你同時同學，這是恨事。你再叫我『前輩』，就是有意提醒我是老大過時的人，太殘忍了！」（58頁）

以下一節文字一舉拉近了全部人物關係，距離一近，才好生出故事。寫長篇小說，有這般駕馭能力者，可謂鳳毛麟角。

這事一發表，韓學愈來見高松年，聲明他太太絕不想在這兒教英文，而且表示他對劉東方毫無怨恨，願意請劉小姐當歷史系的助教。高松年喜歡道：「同事們應該和衷共濟，下學年一定聘你夫人幫忙。」韓學愈高傲地說：「下學年我留不留，還成問題呢。統一大學來了五六次信要我和我內人去。」高松年忙勸他不要走，他夫人的事下學年總有辦法。鴻漸到外文系辦公室接洽功課，碰見孫小姐，低聲開玩笑道：「這全是你害我的──要不要我代你報仇？」孫小姐笑而不答。（259頁）

下面這節文字，包括對睡眠的描述，均為其他小說和文章中所稀見：

近鄉情怯，心事重重。他覺得回家並不像理想那樣的簡單。遠別雖非等於暫死，至少變得陌生。回家只像半生的東西回鍋，要煮一會才會熟。這次帶了柔嘉回去，更要費好多時候來和家裏適應。他想得心煩，怕去睡覺──睡眠這東西

脾氣怪得很，不要它，它偏會來，請它，哄它，千方百計勾引它，它拿身份躲得影子都不見。與其熱枕頭上翻來覆去，還是甲板上坐坐罷。柔嘉等丈夫來講和，等好半天他不來，也收拾起怨氣睡了。（358頁）

誰讀一過以下文字，都會深深記憶下來：

　　辛楣笑道：「有了上半箱的卡片，中國書燒完了，李先生一個人可以教中國文學；有了下半箱的藥，中國人全病死了，李先生還可以活着。」顧爾謙道：「哪裏的話！李先生不但是學校的功臣，並且是我們的救命恩人——」亞當和夏娃為好奇心失去了天堂，顧爾謙也為好奇心失去了李梅亭安放他的天堂，恭維都挽回不來了。（188頁）

錢先生的奇思妙想，從來有根有據，絕不空穴來風。

　　日記上添了精彩的一條，說他現在才明白為甚麼兩家攀親要叫「結為秦晉」：「夫春秋之時，秦晉二國，世締婚姻，而世尋干戈。親家相惡，於今為烈，號曰

秦晉，亦固其宜。」（371頁）

以上文史考訂，是作者所長，《圍城》留下順便考古成果，往往切實可信。幽默可笑而絕不造偽，連主人公去張家相親時參觀的文物恐都應作如此觀。

俾斯麥曾說過，法國公使大使的特點，就是一句外國話不會講；這幾位警察並不懂德文，居然傳情達意，引得猶太女人格格地笑，比他們的外交官強多了。（2頁）
上了岸，向大法蘭西共和國上海租界維持治安的巡警偵探們付了買路錢，贖出行李。（362頁）

處於《圍城》一頭一尾兩節文章，遙相呼應，足夠勾畫列強的嘴臉。細密之筆，絕不疏忽。

辛楣不知道大哲學家從來沒娶過好太太，蘇格拉底的太太就是潑婦，褚慎明的好朋友羅素也離了好幾次婚。（108頁）
酒酣的董斜川說道：「是了，是了。中國哲學家裏，王陽明是怕老婆的。」（109頁）

　　文人懼內的陳舊話題，在《圍城》裏也會花樣翻新，解出不同的答案：善講道理的人，往往在老婆面前講不出道理來。其實，承認怕老婆，實為不怕；不承認怕老婆，才是真怕。此理同於文學創作，說了不是真的，不說而想得明白才是真，笑府深深。

　　天才加以努力修為的技巧固然重要，但要坐穩文字，絕不能少掉對人類社會常識的深準認識，這是《圍城》屹立世界文學之林的另一個原因。

四、學術、藝術及其他

下面我們再說《圍城》對學術、藝術、習俗、政治、社會的細微觀察以及華美描繪。

第一，關於學術。《圍城》出版已經七十年，作品中大量學術論點是作者賦予人物的，同時也透徹地表達了作者的觀點。作者一生以頂峰終極為追求目標，作品少而精。言之不及義，語之不超前，證據有不足，不寫不發表。《圍城》借助人物之口，有關學術論述，都表述得清晰明白。比如作者對「五四」以來打倒孔家店、依附國外勢力——甚至懷疑中國古史存在的派別，歷來有清醒認識，並且完全劃清界限。讀者在《圍城》閱讀中，在漫長時間和廣袤地標上，不難發現作者精心播撒的種子，收穫大量具有指導意義的精妙結論。生動的例子太多，僅摘錄數條存證。需要再次提醒讀者，《圍城》完成於 1946 年。

這一張文憑，彷彿有亞當、夏娃下身那片樹葉的功用，可以遮羞包醜；小小一方紙能把一個人的空疏、寡陋、愚笨都掩蓋起來。（11頁）

東洋留學生捧蘇曼殊，西洋留學生捧黃公度。留學生不知道蘇東坡、黃山谷，心目間只有這一對蘇黃。（110頁）

三閭大學校長高松年是位老科學家。這「老」字的位置非常為難，可以形容科學，也可以形容科學家。不幸的是，科學家跟科學大不相同，科學家像酒，愈老愈可貴，而科學像女人，老了便不值錢。將來國語文法發展完備，總有一天可以明白地分開「老的科學家」和「老科學的家」，或者說「科學老家」和「老科學家」。現在還早得很呢，不妨籠統稱呼。（223頁）

「當然是陳散原第一。這五六百年來，算他最高。我常說唐以後的大詩人可以把地理名詞來包括，叫『陵谷山原』。三陵：杜少陵，王廣陵——知道這個人麼？——梅宛陵；二谷：李昌谷，黃山谷；四山：李義山，王半山，陳後山，元遺山；可是只有一原，陳散原。」說時，翹着左手大拇指。鴻漸懦怯地問道：「不能添個『坡』麼？」「蘇東坡，他差一點。」（110頁）

鴻漸對這種「古史辯」式的疑古論，提不出反證。（354頁。按，「辯」字，學界原作「辨」，作者應情景改字，妙而可言也。）

方鴻漸到了歐洲，既不鈔敦煌卷子，又不訪《永樂大典》，也不找太平天國文獻，更不學蒙古文、西藏文或梵文。（11頁）

學國文的人出洋「深造」，聽來有些滑稽，事實上，惟有學中國文學的人非到外國留學不可。因為一切其他科目像數學、物理、哲學、心理、經濟、法律等等都是從外國灌輸進來的，早已洋氣撲鼻；只有國文是國貨土產，還需要外國招牌，方可維持地位，正好像中國官吏、商人在本國剝削來的錢要換外匯，才能保持國幣的原來價值。（10頁）

說現代人要國文好，非研究外國文學不可；從前弄西洋科學的人該通外國語文，現在弄中國文學的人也該先精通洋文。（90頁）

可惜說這話時恰巧沒人在場，又是詩人曹元朗說的，那它算不算數呢？小說《圍城》難讀在這些地方。因為《圍城》不論甚麼派人物，只講究和讀者「會心」，剖析和認定都必須有生動透徹的思想。至於人物性格和情節發展都屬第二位，實際並不重要。

第二，關於藝術。在這裏只能掛一二而漏萬千了。小關節，往往牽連着大是非。

> 范小姐把現代本國劇作家的名劇儘量買來細讀。對話裏的句子像：「咱們要勇敢！勇敢！勇敢！」「活要活得痛快，死要死得乾脆！」「黑夜已經這麼深了，光明還會遙遠麼？」她全在旁邊打了紅鉛筆的重槓，默誦或朗誦着，好像人生之謎有了解答。（280頁）

> 詩人曹元朗道：「我這首詩的風格，不認識外國字的人愈能欣賞。」「不必去求詩的意義。詩有意義是詩的不幸！」（85頁）

第三，風俗習慣的細緻描寫，既為讀者顯示了人生世界深度和廣博，同時又為作品自身的發展提供空間和場地。應該說，風俗習慣的心理世界是人文學當中最難以把握的，而作者卻如數家珍，做到靈動與深邃並舉。

> 天涯相遇，一見如故，
>
> 大家一片鄉心，打牌不但有故鄉風味，並且適合世界潮流。（以上2頁）

愛爾蘭人，具有愛爾蘭人的不負責、愛爾蘭人的急智、還有愛爾蘭人的窮。（12頁）

美國人辦交涉請吃飯，一坐下去，菜還沒上，就開門見山談正經；歐洲人吃飯時只談不相干的廢話，到吃完飯喝咖啡，才言歸正傳。（334頁）

鴻漸為太太而受氣，同時也發現受了氣而有個太太的方便。從前受了氣，只好悶在心裏，不能隨意發洩，誰都不是自己的出氣筒。現在可不同了；對任何人發脾氣，都不能夠像對太太那樣痛快。（371頁）

「我只奇怪，你是在大家庭裏長大的，怎麼家裏這種詭計暗算，全不知道？」鴻漸道：「這些事沒結婚的男人不會知道。要結了婚，眼睛才張開。我有時想，家裏真跟三閭大學一樣是個是非窩，假使我結了婚幾年然後到三閭大學去，也許訓練有素，感覺靈敏些，不至於給人家暗算了。」

他們倆雖然把家裏當作「造謠學校」，逃學可不容易。（以上386頁）

死祖宗加上活親戚，弄得柔嘉疲於奔命。（387頁）

第四，世界政治。這個難題，怕就怕回過頭來看，難就難在向前看。我們只會回頭，留下許多遺憾和悔恨。錢先生在《圍城》

裏最擅長拿出難題，再向前觀察分析。

這一年的上海和去年大不相同了。歐洲的局勢急轉直下，日本人因此在兩大租界裏一天天地放肆。後來跟中國「並肩作戰」的英美兩國，那時候只想保守中立；中既然不中，立也根本立不住，結果這「中立」變成只求在中國有個立足之地，此外全讓給日本人。「約翰牛」（John Bull）一味吹牛；「山姆大叔」（Uncle Sam）原來只是冰山（Uncle Sham），不是泰山；至於「法蘭西雄雞」（Gallic cock）呢，它確有雄雞的本能——迎着東方引吭長啼，只可惜把太陽旗誤認為真的太陽。美國一船船的廢鐵運到日本，英國在考慮封鎖滇緬公路，法國雖然還沒切斷滇越邊境，已扣留了一批中國的軍火。物價像吹斷了線的風箏，又像得道成仙，平地飛升。公用事業的工人一再罷工，電車和汽車只恨不能像戲院子和旅館掛牌客滿。銅元鎳幣全搜刮完了，郵票有了新用處，暫作輔幣，可惜，否則擠車的困難可以避免。生存競爭漸漸脫去文飾和面具，露出原始的狠毒。廉恥並不廉，許多人維持它不起。發國難財和破國難產的人同時增加，各不相犯：

因為窮人只在大街鬧市行乞，不會到財主的幽靜住宅區去；只會跟着步行的人要錢，財主坐的流線型汽車是跟不上的。貧民區逐漸蔓延，像市容上生的一塊癬，政治性的恐怖事件，幾乎天天發生，有志之士被壓迫得慢慢像西洋大都市的交通路線，向地下發展，地底下原有的那些陰毒曖昧的人形爬蟲，攀附了他們自增聲價。鼓吹「中日和平」的報紙每天發表新參加的同志名單，而這些「和奸」往往同時在另外的報紙上聲明「不問政治」。（374頁）

方鴻漸說：「女人原是天生的政治動物。虛虛實實，以退為進，這些政治手腕，女人生下來全有。女人學政治，那真是以後天發展先天，錦上添花了。我在歐洲，聽過 Ernst Bergmann 先生的課。他說男人有思想創造力，女人有社會活動力，所以男人在社會上做的事該讓給女人去做，男人好躲在家裏從容思想，發明新科學，產生新藝術。我看此話甚有道理。女人不必學政治，而現在的政治家要成功，都得學女人。政治舞台上的戲劇全是反串。」（58、59頁）

第五，關於外交。

這事（指方鴻漸購買克萊登大學文憑事）也許是中國自

有外交或訂商約以來惟一的勝利。（14頁）

彷彿他在外國學政治和外交，只記着兩句，拿破崙對外交官的訓令：「請客菜要好」，和斯多威爾侯爵（Lord Stowell）的辦事原則：「請吃飯能使事務滑溜順利。」（150頁）

第六，關於環境，《圍城》也給予極大的關切：

鴻漸驚異得要叫起來，才知道高高蕩蕩這片青天，不是上帝和天堂的所在了，只供給投炸彈、走單幫的方便。（351頁）

上海是個暴發都市，沒有山水花柳作為春的安頓處。公園和住宅花園裏的草木，好比動物園裏鐵籠子關住的野獸，拘束、孤獨，不夠春光盡情的發洩。（54頁）

《圍城》對時興的「新生活運動」中列有兩項概括的內容：其一，不許抽煙（255頁）；其二，圖書館「絕對沒有法國小說……」。（43頁）

第七，對教育，我們僅舉出稀聞之二例：

汪先生得學位是把論文哄過自己的先生；教書是把講義哄過自己的學生。

教授成為名教授，也有兩個階段：第一是講義當著作，第二著作當講義。好比初學的理髮匠先把傻子和窮人的頭作為練習本領的試驗品，所以講義在課堂上試用沒出亂子，就作為著作出版；出版以後，當然是指定教本。（以上310頁）

五、奇思妙想和人物素描

　　錢鍾書奇思妙想——出乎意外而合於情理的比喻，往往也用在人物描寫上，請讀《圍城》：

　　　　屋子裏靜寂得應該聽見螞蟻在地下爬——可是當時沒有螞蟻。（293頁）

　　　　他個人的天地忽然從世人公共生活的天地裏分出來，宛如與活人幽明隔絕的孤鬼，瞧着陽世的樂事，自己插不進，瞧着陽世的太陽，自己曬不到。人家的天地裏，他進不去，而他的天地裏，誰都可以進來。（129頁）

　　　　中國旅館的壁，又薄又漏，身體雖住在這間房裏，耳朵像住在隔壁房裏的。（170頁）

　　　　鴻漸說：「我不愛她。我跟你同病，不是『同情』。」（149頁）

《春之戀歌》，空氣給那位萬眾傾倒的國產女明星的尖聲撕割得七零八落——（145頁）

闕尚駕鴦社，鬧無鵝鴨鄰。（147頁）

「寧可我做了官，她不配做官太太；不要她想做官太太，逼得我非做官、非做貪官不可。」（161頁）

我只恨當時沒法請唱片公司的人把你的聲音灌成片子。假使真灌成片子，那聲氣嘩啦嘩啦，又像風濤澎湃，又像狼吞虎嚥，中間還夾着一絲又尖又細的聲音，忽高忽低，裊裊不絕。有時這一條絲高上去、高上去，細得、細得像放足的風箏線要斷了，不知怎麼像過一個峰尖，又降落安穩下來。趙辛楣刺激得神經給它吊上去，掉下來，這時候追想起還恨得要扭斷鴻漸的鼻子，警告他下次小心。（171頁）

有一位大文學家曾説，作家會不會寫作，首先要看他會不會寫雨。《圍城》中以下三例均寫雨，幾乎可以説大自然的「雨」，正按照錢鍾書寫的「範兒」下着，既普通、熟悉，而又活潑、新奇。大自然的美麗，也處處皆有人，人頭頂、人眼睛、人麻痘、人五指以至鬼鼻子。《圍城》作者表現了非凡人類的想像。

他們上了船，天就微雨。時而一點兩點，像不是頭頂這方天下的，到定睛細看，又沒有了。一會兒，雨點密起來，可是還不像下雨，只彷彿許多小水珠在半空裏頑皮，滾着跳着，頑皮得夠了，然後趁勢落地……

　　這雨愈下愈老成，水點貫串作絲，河面上像出了痘，無數麻瘢似的水渦，隨生隨滅，息息不停，到雨線更密，又彷彿光滑的水面上在長毛。(以上 172 頁)

　　這雨濃染着夜，水裏帶了昏黑下來，天色也陪着一刻暗似一刻。一行人眾像在一個機械畫所用的墨水瓶裏趕路。夜黑得太周密了，真是伸手不見五指！在這種夜裏，鬼都得要碰鼻子拐彎，貓會自恨它的一嘴好鬍子當不了昆蟲的觸鬚。(175頁)

至於生活瑣事，作者一旦涉及，新意迭出，美不勝收：

　　鴻漸上床，好一會沒有甚麼，正放心要睡去，忽然發癢，不能忽略的癢，一處癢，兩處癢，滿身癢，心窩裏奇癢。蒙馬脫爾 (Monmartre) 的「跳蚤市場」和耶路撒冷聖廟的「世界蚤虱大會」全像在這歐亞大旅社裏舉行。咬得體無完膚，抓得指無餘力。每一處新鮮明確的癢，手指迅雷閃電似的捺住，然後謹慎小心地拈起，才知道並沒捉到那咬人的小東西，

白費了許多力，手指間只是一小粒皮膚屑。好容易捺死一個臭蟲，宛如報了仇那樣的舒暢，心安理得，可以入睡，誰知道殺一並未儆百，周身還是癢。到後來，疲乏不堪，自我意識愈縮愈小，身體只好推出自己之外，學我佛如來捨身餵虎的榜樣，盡那些蚤虱去受用。外國人說聽覺敏銳的人能聽見跳蚤的咳嗽；那一晚上，這副尖耳朵該聽得出跳蚤們吃飽了噫氣。（186、187頁）

烤山薯這東西，本來像中國諺語裏的私情男女，「偷着不如偷不着」，香味比滋味好，你聞的時候，覺得非吃不可，真到嘴，也不過爾爾。（211頁）

一切圖書館本來像死用功人大考時的頭腦，是學問的墳墓。（233頁）

方鴻漸忙說，菜太好了，吃菜連舌頭都吃下去了。（288頁）

兩個人在一起，人家就要造謠言，正如兩根樹枝相接近，蜘蛛就要掛網。（304頁）

關於人物素描，是《圍城》的特技，而稍早發表的中篇集《人獸鬼》應稱為人物素描的專項大成。《圍城》雖非專寫人物，但寫起人物來極為圓熟。首先是外狀描述，夾雜一些恰當比喻，或為他人、他事、他物，然後轉向深

層的內心、人物關係乃至極有個性特徵的事件等等。對於讀者來說，猶如展開一幅畫卷，一步步地觀看開去。表面看去並沒有特殊鮮見的場景，語句和節奏十分平和，但任何人都可感受到精深的文字修煉功底。從零星三五個字到寥寥幾百字，躍然紙上，有生龍活虎，有綿綿細雨，體溫和遠火都在。

　　鬍子常是兩撇，汪處厚的鬍子只是一畫。他二十年前早留鬍子，那時候做官的人上唇全毛茸茸的，非此不足以表身份，好比西洋古代哲學家下頷必有長髯，以示智慧。他在本省督軍署當秘書，那位大帥留的菱角鬍子，就像仁丹廣告上移植過來的，好不威武。他不敢培植同樣的鬍子，怕大帥怪他僭妄；大帥的是烏菱圓角鬍子，他只想有規模較小的紅菱尖角鬍子。誰知道沒有槍桿的人，鬍子也不像樣，又稀又軟，掛在口角兩旁，像新式標點裏的逗號，既不能翹然而起，也不夠飄然而裊。他兩道濃黑的眉毛，偏根根可以跟壽星的眉毛競賽，彷彿他最初刮臉時不小心，把眉毛和鬍子一股腦兒全剃下來了，慌忙安上去，鬍子跟眉毛換了位置；嘴上的是眉毛，根本不會長，額上的是鬍子，所以欣欣向榮。這種鬍子，不留也罷。五年前他和這位太太結婚，剛是剃鬍子的好藉口。然而好像一切官僚、強盜、賭棍、投機商人，他相信

命。星相家都説他是「木」命「木」形，頭髮和鬍子有如樹木的枝葉，缺乏它們就表示樹木枯了。四十開外的人，頭髮當然半禿，全靠這幾根鬍子表示老樹着花，生機未盡。（268頁）

　　人物素描，彪炳着錢鍾書先生文學技巧的巨大成就。並不出人意料的標誌卻是：因此招來不少「物議」──甚至被冠以「刻薄」而加以抹殺。熟悉那個時代文化圈子的人讀了《圍城》，往往會對號入座，一傳十，十傳百，寫了別人，自己會説，太像了，就是他或她！寫到自己，一經別人指出，自己便罵語連篇，「惡毒」「上法院」之語便會滿天飛。如果他是仔細地一字一句讀遍《圍城》的人，絕不可能出此惡語。錢先生一直是以悲憫胸懷看待「同人」，絕不能懷有惡意傷惹他人。如果説錢先生的筆墨讓模特不快，恐怕因是筆墨非常酣暢罷。何況作者往往筆到即止，收斂寫得太真的筆，從此調頭他人，或轉換另種筆法了。豈不知，從極似再轉向模糊需要更高的文字技巧。大家常以「遊戲文章」輕視別具一格的文字，而錢先生往往答以「好玩不好作」。當然偶爾也會據理力爭：「畫家可以素描，我為甚麼不能用文字來寫？」「通感」理論的

發現和確認，是錢先生在人文科學上重大的貢獻之一。此處的「串行」也只有他說得出，「武藝」沒有，他的「文藝」，我未曾見逾其右者，更未曾聞能與其比肩者。

近日，我清理原代錢先生複存信稿，有一封致台北蘇正隆先生的信，收信人已將此信公開，其中有位黃先生譯文說「寧為活麻雀，不作死老鷹。」（better a live sparrow than a dead eagle）譯文生動，但說那是錢先生自況，便不確切了。錢先生的信是既作「活麻雀」又作「活老鷹」，已充分證明先生從來揮筆作「全活兒」，絕非常人所能比。

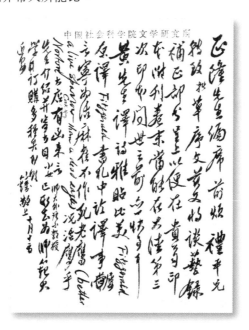

我們經常可以見到先生一揮而就的書信——因為那是一般應酬文字，但其中也往往包含着精審的學術論述，令人信服的生活總結以及感人淚下的情分，當然更多是會心的微笑。最後讀者當然明白，那可不是「一揮」能就的。小說、詩歌創作和《管錐編》上被修改得滿目瘡痍的手稿，當其展現在我們面前時，誰也禁不住會對這位偉大學者、作家、藝術家感恩，謝他用超人勤奮和精思熟慮的思想成果，為我們的觀感和心靈賜福。

請回到錢先生「用小說打敗小說」的想法，我們很可能不必再急於追問了。至於他做到與否，誰也不能代替讀者作答。

錢先生晚年，很少再談《圍城》。那時我受錢先生囑託負責「中國古典數字工程」製作，每去醫院看望他，話題離不開古籍。

但《圍城》中的一段話，在我追隨他三十六年間被提及不只一次。

「一句話的意義，在聽者心裏，常像一隻陌生的貓到屋裏來，聲息全無，過一會兒『喵』一叫，你才發覺它的存在。」（301頁）這些心理文字，先生認為是很用心思寫下來的。可我完全不記得先生在甚麼情況下對我講的，就可

能性來說，「工程」不會，「公事」沒有，大概應該屬於「閒話」一類。

再把此節上下《圍城》原文讀一讀，就會發現連接的話似乎提示着重要信息，因為恰巧那很像「閒話」內容中的引證。

「心裏一陣嫉妒，像火上烤的栗子，熱極要迸破了殼。」（301頁）打開記憶開關，立刻使我喚回《管錐編》裏的名言：「涸濁嫉賢」（中華本《管錐編》第二冊 598 頁）「妒賢嫉能」（中華本《管錐編》第一冊 275 頁）等節段，以及更鮮明突出引曹丕《典論》論文：「女無美惡，入宮見妒；士無賢不肖，入朝見嫉。」（中華本《管錐編》第三冊 901 頁）此語實早出《史記·鄒陽傳》《史記·外戚世家》《史記·扁鵲倉公傳》。後者引「士無賢不肖，入朝見疑」似正，行文多變，應是古風。我許多年來自以為錢先生應該像司馬遷一個樣，一生最痛恨的是「妒」──「火上烤的栗子，熱極要迸破了殼」，人生深疼，是引出對人類缺欠的爆炸性「熱嘲」的原因。這在錢先生的專項研究中已經列入了正式的課題。事實證明，我最初對此猜測大誤，他的真實態度全出意外。他常對我說，「嫉」和「疑」，人皆有之，不應視為「缺欠」。別人疑，自己不疑；別人嫉，自己不嫉。那應成為動力，沒空沒閒，既不可無端疑，更不能理睬那個嫉字。

初識錢鍾書，我曾沿着錯誤成見，沒頭沒腦地為此大打抱不

平，哀痛古典文學研究因嫉妒錢鍾書才學，空耗浪費，沒能取得更多研究成果。先生對此不認可，總伴着輕笑一語帶過：「我一直要謝他們。」智慧，帶給人以力量；高深智慧，使人強大。

隨着歲月推移，只要仔細再讀《圍城》，我們便會再次沉浸在社科院裏，每每常有一種特殊的靈性乍現，驀然回首，那不是李梅亭、董斜川嗎？大約他們是來院開始推行導師制，以編排《古詩史》課程了。更有令人驚奇的是：讀者您也經常會從《圍城》裏找到自己。常有朋友為錢鍾書作品不能進入中國語文教科書而遺憾，遺憾的原因如果必須回答，只能說因為錢著本身固有的魅力迷惑人。

六、主題（上）

《圍城》的故事和人物，作者大概認為沒必要用它們來分散讀者的關注，或者乾脆不想讓莊重嚴蕭的哲學主題受到干擾，所以故事情節和結構，人物性格和際遇都非常簡單，簡單得讓人吃驚。

全書共分九章，如果為概括內容，硬配上標題，可以顯得非常清晰。一曰歸國船上，二曰返鄉探親，三曰探春上海，四曰進入生活，五曰紛亂旅途，六曰職場糾紛，七曰婚姻沉浮，八曰城之內外，九乃迷人輓歌。總之一次歸國旅程，一次就職經歷，然後是兩位男主人公的婚事。

故事情節平穩無奇，如果作者將主題半遮半掩，很容易讓人感到作品本身不連貫，捉摸不定。但由於其語言文字極其精練，想像構成非常豐富，行文廣闊浩大，描寫深入精緻，如果我們能

不懷偏見並且小心地審讀，放正胸襟，深入地鑽研，便會覺得雖迷霧重重卻環環相扣；人物對話和情節推動，均無規矩可循，或者說在華麗的文字外衣之下，充滿奇思妙想，令人應接不暇。不管多麼見識寬廣，閱讀者都會發問：作者究竟想寫甚麼，又寫出了甚麼？

要採取流行方式快讀《圍城》，絕不可能讀懂，能不能懂關鍵在於認定主題。作為文學專門研究機構的文學所諸君子，精讀《紅樓夢》等已有定論的名人名作，構建出文學史，均為職責所繫。至於《圍城》，則屬前輩、同事、友人之先朝舊作，既非經又非典，讀也不若目覩本人真切，或似藉口「迴避親朋」之規則，從而放棄「舉賢不避親朋」之責任，浪擲掉作者一片良苦用心和巨大成就。

讓我試着把《圍城》自己寫下的主題線索，依序摘要列出，並加簡要小註，提示讀者試試能否得到新的啟發重點，推動有效的認識。錢文讀起來，總是別有風趣。摘出來疊加對比重讀，也會有新收穫。

自以為要寫就意味着會寫。（1980 年序）

寫小說自有道，豈可隨意任性。

船，倚仗人的機巧，載滿人的擾攘，寄滿人的希望，熱鬧地行着，每分鐘把玷污了人氣的一小方水面，還給那無情、無盡、無際的大海。（2頁）

上面四個不起眼的「人」，似乎不經意地被道出，作者究竟要告訴我們些甚麼呢？

假如上帝真是愛人類的，他決無力量做得起主宰。方鴻漸這思想若給趙辛楣知道，又該挨罵「哲學家鬧玄虛」了。他那天晚上的睡眠，宛如粳米粉的線條，沒有黏性，拉不長。他的快樂從睡夢裏冒出來，使他醒了四五次。（75頁）

愛人的上帝顯然幫不上忙，不肯做哲學家的主角，只好失眠了。

褚慎明又常說人性裏有天性跟獸性兩部分，他自己全是天性。（99頁）

褚先生的說法，前半句正確。

鴻漸道：「這不是大教授幹政治，這是小政客辦教育。

從前愚民政策是不許人民受教育，現代愚民政策是只許人民受某一種教育。不受教育的人，因為不識字，上人的當，受教育的人，因為識了字，上印刷品的當，像你們的報紙宣傳品、訓練幹部講義之類。」（152頁）

方先生顯然屬於明白人之列。

我還記得那一次褚慎明還是蘇小姐講的甚麼「圍城」。我近來對人生萬事，都有這個感想。譬如我當初很希望到三閭大學去，所以接了聘書，近來愈想愈乏味，這時候自恨沒有勇氣原船退回上海。我經過這一次，不知道何年何月會結婚，不過我想你真娶了蘇小姐，滋味也不過爾爾。狗為着追求水裏肉骨頭的影子，喪失了到嘴的肉骨頭！跟愛人如願以償結了婚，恐怕那時候肉骨頭下肚，倒要對水悵惜這不可再見的影子了。（161頁）

一句「不過爾爾」，説不盡人的困難和痛苦，鴻漸清晰明白，但偏重感性。説下去，可明大事理，完全讓結婚成為狗眼裏的骨頭而腰斬肢截。

法國人所謂「長得像沒有麵包吃的日子」還不夠親切；長得像沒有麵包吃的日子，長得像失眠的夜，都比不上因沒有麵包吃而失眠的夜那樣漫漫難度。（210頁）

作為一位作家，有此種文字寫出，一定是一位真正的作家。

　　你不討厭，可是全無用處。（222頁）

　　藝術的理論概括後再轉化為文學，看似平淡，作者借趙辛楣為方鴻漸所作「哲學理論」，真可以説——神到情到，登峰造極。

　　鴻漸發議論道：「這好像開無線電。你把針在面上轉一圈，聽見東一個電台半句京戲，西一個電台半句報告，忽然又是半句外國歌啦，半句昆曲啦，雞零狗碎，湊在一起，莫名其妙。可是每一個破碎的片段，在它本電台廣播的節目裏，有上文下文，並非胡鬧。你只要認定一個電台聽下去，就了解它的意義。我們彼此往來也如此，相知不深的陌生人——」柔嘉打個面積一方寸的大呵欠。像一切人，鴻漸恨旁人聽自己説話的時候打呵欠，一年來在課堂上變相催眠的經驗更增加了他的恨，他立刻閉嘴。（357頁）

無線電亂台，認定便不會亂。不明就理的孫小姐，怎麼聽不出深幽的哲理呢？一個價值不菲的「一方寸的大呵欠」，使主要發言人方先生哲理闡述被腰斬。

　　柔嘉怨道：「好好的講咱們兩個人的事，為甚麼要扯到全船的人，整個人類？」

　　鴻漸恨恨道：「跟你們女人講話只有講你們自己，此外甚麼都不懂！」

　　柔嘉也太任性。今天跟她長篇大章地談論，她又打呵欠，自己家信裏還讚美她如何柔順呢！（以上357頁）

「整個人類」？方鴻漸並沒有談及，卻被孫小姐誤談亂引了出來。讀者眼明：作者在大玩「草蛇灰線」之技，甚麼「不懂」，甚麼「任性」，甚麼「女人」，甚麼「呵欠」又連上「又打呵欠」，賣盡關子，可謂妙不可言。

　　辛楣道：「她也真可憐——」瞧見鴻漸臉上醞釀着笑容，忙說——「我覺得誰都可憐，汪處厚也可憐，我也可憐，孫小姐可憐，你也可憐。」（336頁）

悲天憫人，辛楣也是作者的代言者之一。要研究錢先生在《圍城》裏寫了些甚麼人？人其實就是人，處處「可憐」的人。姑且不說能不能考據出來，考據得是否正確，這種不顯露痕跡的機巧，就能讓人信服，讓讀者聽從作家所告知關乎「人」的結論。

> 鴻漸正像他去年懊悔到內地，他現在懊悔聽了柔嘉的話回上海。在小鄉鎮時，他怕人家傾軋，到了大都市，他又恨人家冷淡，倒覺得傾軋還是瞧得起自己的表示。就是條微生蟲，也沾沾自喜，希望有人擱它在顯微鏡下放大了看的。擁擠裏的孤寂，熱鬧裏的淒涼，使他像許多住在這孤島上的人，心靈也彷彿一個無湊畔的孤島。（374頁）

人類社會以孤島稱之，實際這是一個人生根本性的問題，過往文學本身似乎已經解決了這一問題。但孤島非人所為，絕不及「城」字含有如此深邃的人味。

> 她又說鴻漸生氣的時候，拉長了臉，跟這隻鐘的輪廓很相像。（382頁）
> 「我忘了，還有這隻鐘——」她瞧鴻漸的臉拉長，給他一面鏡子——「你自己瞧瞧，不像鐘麼？我一點沒有說錯。」

鴻漸忍不住笑了。（385頁）

兩次以老鐘比稱，又為主題埋下深深的伏筆。

> 鴻漸笑道：「柔嘉，你這人甚麼都很文明，這句話可落伍。還像舊式女人把死來要挾丈夫的作風，不過不用刀子、繩子、砒霜，而用抽象的『氣』，這是不是精神文明？」（396頁）

用「精神文明」一詞調侃孫柔嘉，屬於幾十年後的偶然預見。

> 鴻漸走出門，神經麻木，不感覺冷，意識裏只有左頰在發燙。頭腦裏，情思瀰漫紛亂像個北風飄雪片的天空。他信腳走着，徹夜不睡的路燈把他的影子一盞盞彼此遞交。他彷彿另外有一個自己在說：「完了！完了！」散雜的心思立刻一撮似的集中，開始覺得傷心。左頰忽然星星作痛，他一摸濕膩膩的，以為是血，嚇得心倒定了，腿裏發軟。走到燈下，瞧手指上沒有痕跡，才知道流了眼淚。同時感到周身疲乏、肚子飢餓。鴻漸本能地伸手進口袋，想等個叫賣的小販，買個麵包，恍然記起身上沒有錢。（413頁）

這種高度濃縮的淚，引出來人類生存狀態的文學描述，前無古人。

　　那隻祖傳的老鐘從容自在地打起來，彷彿積蓄了半天的時間，等夜深人靜，搬出來一一細數：「當、當、當、當、當、當」響了六下。六點鐘是五個鐘頭以前，那時候鴻漸在回家的路上走，蓄心要待柔嘉好，勸她別再為昨天的事弄得夫婦不歡；那時候，柔嘉在家裏等鴻漸回來吃晚飯，希望他會跟姑母和好，到她廠裏做事。這個時間落伍的計時機無意中包含對人生的諷刺和感傷，深於一切語言、一切啼笑。（415頁）

　　老鐘的六下自打，深於一切語言、一切啼笑。故事結束，又似並未結束。

　　作者大概由於太過注意結尾部分意象造化，謹慎一生的作者，卻在此處忽略了數量計算，竟把響聲和實際時間算錯──就像他入清華數學考試只有十五分一個樣。到 80 年代，德文譯本翻譯莫宜佳女士認真指出這個問題，作者對出版許久的正文作出修改，並說明錯誤由莫宜佳女士發覺。（見 1982 年 12 月第三次印刷序）極端聰敏的作者，似乎又被認真的德國人驚醒回來了。

七、主題（下）

　　合上氣象萬千的《圍城》，每位讀者必會深思良久。深思者也許會有一個或兩三個答案，甚至為此而爭論不休莫衷一是。作者堪稱文壇如椽大筆，同時用他深邃思想，揮舞金色飛刀，偏偏穿行在時聚時散的迷霧當中。他既沒有莎士比亞「自殺他殺」主題，更沒有塞萬提斯《堂吉訶德》「大戰風車」豪幻之氣概，在幾乎平穩的情節裏，反而讓我們疑心揣測不止。關鍵問題在於：《圍城》究竟寫的是甚麼？要表達的思想和主題又是甚麼？這十分像一個高中生向作者提出的既淺顯又幼稚的問題。

　　1957年冬，我在北京八中求學，高中二年級呂俊華老師給我們班上語文課，使我投身理工學科的心願動搖，燃起了對古典和外國文學的濃烈興趣。呂老師視域寬、方法新，根本不會受課本的限制。他曾用戲劇化朗誦方式，在作文課上介紹普希

金的《上尉的女兒》、梅里美的《伊爾的美神》等。他指出，作為世界最優秀的文學作品，有的能朗讀，有的不能讀出聲來的叫閱讀。但對真正戲劇化的作品你要有聲有色地享受它，只能搭台演出。例如王實甫的《西廂記》、湯顯祖的《牡丹亭》、洪昇的《長生殿》就是這類頂尖作品。當然還有更為極端的情況，演出者必須是富有個性的藝術家。其典型例子，恐怕也只有意大利的一老一少了。老者吉利（Beniamino Gigli），少者羅伯蒂尼（Robertino Romantica），聽他們和張權、鄧麗君那樣許多歌唱家的歌，好像幫我們查字典，讓人明白一個「唱」字該怎麼寫。表達作品，非常複雜，只有最接近書面文本才簡明恆久。呂老師「語文課」的諸多細節，正與後來我強以為師的錢鍾書先生曲異工同。

其間，我偶然得到一本無封面封底的《圍城》，我請教呂老師，下一步能否為我們開讀。呂老師笑了，他的笑，讓人覺得很像方鴻漸，讓人捉摸不定。但他說：「不可以。」我立刻尋找與老師朗讀理論的關聯，難道是《圍城》不適合讀出聲來？我錯了。他糾正說：「這是一本非常好的中國小說，可惜沒有好譯本，一旦有，必居世界前列。現在存書都是豎排繁體舊印，課本也不敢選，兩者都是暫時的

現象，那都不是不能朗讀的原因。《圍城》思想很深，文字姣好。要讀它必須靜下心來，一字一字地看，然後一句一句地思想。如果我一讀完再給你們一講，聽都聽不明白，更不會知道感受它的美妙，反倒會讓多數青年真害怕起文學來，不能讀，也不能講。」一生中兩位老師，一位一字一字寫，一位一字一句看，一脈貫通，氣吞長虹。當時高三（6）的班報，每週一期，稿子不多，我曾寫一篇小稿填空，記錄下這件小事。歷經一個花甲子，每逢幾年之間老同學的相聚，政治環境變化，總會引出這件小事，結論有如年輪，評論近似而又會不同。如今八九高齡、身體依然健碩的呂老師，永遠是受學生歡迎的語文老師，我們希望他為我們補講這一課。特殊作品，伴以好的講釋，有如打開魔盒，沿續着我們文化的輝煌。

當年的「五七」幹校，勞作之餘尚可田野信步，那時自以為重任在肩，話題也常被我拉到《圍城》主題上，作者本人總是乾脆拒絕。「不談禁書」「自己去想」，是我得到的次數最多的回答。只有少數幾次出於偶然，甚至就是因為幫他做一點兒小事，經常也會意外取得大的酬勞，他非常像和呂老師相呼應。我記得，有一次為達到目的竟說：「錢先生，我瞪着眼睛，閉上嘴，您看我沒打正方形的『呵欠』呀！」先生一怔，一句反用《圍城》的話，讓他笑了。他算是終於在我乞求之下大開其口了。現在就把我以

前零散聽到的綜合記錄下來，集中編輯如下：

《圍城》是寫人的，也可以說是在人生舞台寫人，台子可能大到無邊，也可能小到眼前。我不是編劇，我不會導演，更不能當演員。我也不會在經濟那麼困難時候，花錢買票做觀眾，去時而捧腹大笑，時而暗自流淚。如果一定要我去劇院，我只能做那個在幕後，揹着木頭梯子，登到高高天幕的架子上，打開聚光燈的人。

《圍城》主人公說是方鴻漸，趙辛楣也可以算一個，我立意寫的應該就是人，不單單是中國人，更不是留洋回來的知識分子。我一再說，我是在寫人，大一點說是寫世界人類的困苦。至於具體主題，我無法「照明」，仁者見仁，智者見智囉。

然後智者的微笑在眉眼間展開，靜靜地、似乎在問：「你用功想，懂了？」

以上兩節錢先生的話，曾幾次出現在我的筆記上，不是我抄寫幾次，而是先生說過不止一回。

錢鍾書在他的青少年時代，養成或天性喜讀書，好書認真反覆讀，閒書也讀來津津有味，武俠和探案作品亦無

所不知。學問大成之後，他一直主張，許多文學作品研究家，不能因作者、書商和版本等問題而考據，爭論不休，更不能用這種方法把二三流作品推到頂峰。何況考據家功夫並不到家，甚至把關於自己至愛的作品不完全可信的偽證當作史實，得出無關弘旨的結論。因此，我的發問和求證過程，特別是關於主要人物對號問題上，先生只說是、不是，但一涉及主題，他倒點火說，可以研究，值得考據，因為那是被他「花費心思」隱藏起來了。或者可以用來「上專案」、「辦學習班」、「搞逼供信」之類。此時他最常說，「去看《福爾摩斯》吧」，那意味着他深信，主題未被偵破視穿。

那時我常想起下幹校之前，錢先生開始託我借書，便得知他唯一的業餘愛好也是讀書。一次次借書單，大部分是英文或德文的「探案小說」。連德國的《圍城》譯者莫宜佳女士，送錢先生「玩具」也選定為《福爾摩斯探案全集》的英文原版電視劇。我們一直相信，沒有比翻譯家更了解體諒作家的了，何況是一位德國的女性大學者。當時電視台正在播《圍城》，錢先生只看幾眼，一邊說「不要看」一邊打開錄像機去看《福爾摩斯》了。

當然，我的尋訪很努力，但似乎總離題太遠。筆記上還曾有「小說《圍城》不是依仗情節和人物揭示作品的主題，而是主要使用人物在特定環境中的思索和言語呈現出作品的主題。」我在

這條下的附記云：「師云，像洋人不着頭腦的分析，把方法錯安為主題，錯！」

關於我們的主題之問，作者自己最最精確的回答，完全出讀者、研究者意料之外，應該是印在《圍城》書首《序》下面的一段從不受人重視的文字：

> 在這本書裏，我想寫現代中國某一部分社會、某一類人物。寫這類人，我沒忘記他們是人類，只是人類，具有無毛兩足動物的基本根性。（1頁，民國三十五年〔1946 年〕12 月 15 日序）

這節文字，源於西方語彙：「我們人類只是無毛的猿。」（We human beings are just hairless apes.）這是一個有兩面性的語句。作者顯然僅使用了正面語義，這便是小說《圍城》所要寫的內容。

我在「五七」幹校所記的「札記」中還有錢先生口頭引用的一段話，與此不太一致：「柏拉圖一次講課，說人是『沒有毛的兩足動物。』第二天，某人弄了隻雞，褪去羽毛，拿給柏拉圖說：這是你的『人』。柏愧而改之。《孔子家語》中有『偶而無毛謂之人』之說。」

兩年多在戰火中的孤島上海，含辛茹苦創作的小說，完成後，只恐讀者不解，於是有了一篇短得不能再短的序言，意味深長，也最令人琢磨不定的話是：「我沒忘記」，可以肯定那是《圍城》中最不能忽略的話。

這是沒有任何戲謔的「正經話」，任何讀者、研究者、評論者，都不能當做「輕鬆的敷衍」或「官話」。這篇序，是研究《圍城》最重要的第一手資料。作者經過兩年多努力，先是在雜誌上連載，獲得了許多好評，最後全書連載完成時，寫出這篇序，首先寫到這一節文字，把現代社會人物一下引到「人類的根性」，直奔主題。但在讀者心目中，評者稿紙上，都沒有受到重視。如果作家不是有意，會這樣寫嗎？我們再結合已列舉出作品的蛛絲馬跡，偏見不具，食筍剝衣，主題自然呈現。《圍城》的主題是一個頂天立地的大題目，既是人類最根本的哲學命題，也是最深入的文學難題。《圍城》似乎輕而易舉地完成了這兩個題目。人性的特徵和缺欠，情節的平白和奇詭，都不會成為《圍城》呈現主題的方式和辦法。

錢先生在 80 歲生日之際，在我替出版社寫的《寫在人生邊上‧出版後記》上，曾首次使用老人家鄭重為自己定位的「作家學者」稱謂。此中深意，往往不為多數讀者所了解。

「作家」是創作家的簡稱，主司文學，從藝術層面看，應該

用形象思維方式進行文字創作,使之表達作者本人的情感和思想,其作品極具只此一家的個性。

「學者」是學術家的簡稱,主司科學,從學術層面看,應該是用抽象思維方式進行科學研究,使之穿鑿自然和社會的因由和構成,其成果具有等待大家驗證的共性。

當一名「作家」,可以;當一名「學者」,可以。把兩位疊加起來,「學者作家」,尚可稱之二三人,屬作家群;如經海選「作家學者」,惟錢鍾書一人耳,歸學者群。文字小移,稱謂般配,力拔山兮氣蓋世。

正如錢鍾書先生在舒展先生所編《論學文選》一篇「提要」中所說「作家不同於理論家的才具,正是表現在:對於人的情感溢虧生克的辯證法的揣摹,並探索其變化的奧秘。」(見《錢鍾書論學文選》)105頁,1991年,花城出版社)

錢鍾書先生奉行的「作家學者」並非是二者的糅合,而是化合。作家是通稱,學者為實名。他常說自己,既不做反面教員,也不做正面教員。其核心是政治很重要,但那不是他的職業,也不是興趣所在。畢其一生,能夠像詩人白居易所謂「風飄雨灑簾帷故,竹映松遮燈火深。」(《期宿客不至》),「信步閒庭」,不受毫髮之傷,又能圓滿地完成感性的形象思維的《圍城》和理性的抽象思維的《管錐

編》，從而實現了歷史上非常少見的「作家學者」的目標，我們只能嘆說那是一個大智慧的果實。關於這一點，一位深諳佛學的友人范公業強多次開導我，錢鍾書的智慧正如佛家禪宗所說的兩句話，第一「惟佛能知，惟佛能說」的「一切種智」。第二句為「一燈能除千年闇，一智能滅萬年愚」（均參見新出《禪宗六祖師集》）。結論應在清雍正帝署名著作《宗鏡大綱》卷六所論，那「即是真實智慧也」。

錢鍾書用他的一生，用他超越常人的智慧、記憶和語言控制力，勤奮讀書。那時沒有電腦，更沒有數據雲，所以三十五年來，我有幸被選中，爬書架子，得以追隨先生。我們雖未達到朝夕相處的程度，更沒合規地做他的學生，但每年更可謂人間獨有能夠見到老師百次之上。令人驚訝的事實是：幾乎每次見他，他總是拿着書，甚至乾脆就是在讀書。我只是近朱則赤，放棄了玩心開心以及任何名譽待遇，耐得住孤獨和委曲，我是一名可信的證人。

閱讀使他獲得海量知識，深入的思索又使閱讀積累升華為智慧。《圍城》應該就是稀見的智慧產品。

作者的聰敏，不是小機巧，而是大智慧。他有一身大胸懷，又有讀不盡天下書，不摘眼鏡、不放筆、不關燈的大目標。只有讀遍他的全部著作，才能真正了解其人。錢先生歷來特別珍重對逸詩逸文的搜集工作。輯佚是任何古籍整理必須進行的第一步，

也是最困難步驟，但它早已被業界規避或忽視，甚至乾脆在正式文件上「被忘記」。而錢鍾書認為，每位詩文書籍作者被丟失刪除的文字是研究古典最重大線索。《四庫全書》被刪的文字，遠重於存留的廢話。《論語》外的文章話語是原有的十多倍，只要有出處，就價值不比《論語》原有正文低，但肯定比註釋之類高明出許多許多。他義無反顧，在規劃「中國古典數字工程」時置之首位的程序便是輯佚。更是一反常態地拿出自己四十年讀書筆記和大量眉批，並親自參加第一部書《宋詩紀事補正》的編輯成書，留下了許許多多審稿批改文字。這本書完成時，他已生病住院，但仍不斷關切這本他編的時間最長，一直盼着出版的書。我至今記得在那部書完成並打算正式出版時，他曾問我那本書共搜集了多少位詩人，我告他大約 3,760 人。他深思了好一會說，「那本書真好，要不然會漏掉多少詩人呢！我的題目結束了，文學所的項目開始了。」《宋詩紀事補正》是第一部深層應用電腦的成功實驗。圍繞這部書，他閱書無數，借還書幾近瘋狂。我是一個運輸的失敗者，當然我也有勝利者的喜悅。至今我存有三十五年間先生的借書條，即便在文化大革命的時期，錢先生借書條，在文學研究所也算是「熱貨」，丟失危險性極大，巧取不

計，豪奪乃家常之便飯也。好在，不管在誰手裏，均可作為我們文化延續的鐵證。

我還曾向先生詢問歐洲某名牌大學圖書館藏書情況，「藏書數量很大，我用近一年時間，讀完了我需要讀的書籍。」就這麼一個輕巧的描述，讓人恐怖。我常想，恐怕一個「書蟲」「書癡」並不能概括形容他。

再隨便舉一個例子，顯然屬於特異功能：凡他讀過的書，他都會記住需要的內容，主要是能記在腦子中，剩餘的便記在筆記裏。錢先生一聽此話，會說，「你說反了。我記筆記在先，一寫下來，就不用腦子記了。」我的回應現在想起來也有趣：「怪不得您讓我核實引書原始出處，有錯地方大多出自您的筆記。」大家都認定「腦袋不如爛筆頭」，錢先生不是凡人，他的筆記確實不如他的記憶。

更讓人匪夷所思的是，讀過的書他再經手，一下子便可找到原文所在。有一次在所內書庫，有六七位借書者，我登高把書冊拿下一次，他核對一處出處正文換一次，連續十來次，供不應求，眾多借書者無不稱快。不料結尾一項，竟讓看客們掌聲哄起：錢先生指出，十多年前他曾讀過此書，絕無缺頁。他玩笑地說：「查查，是否為吳某昌借過？」這個典故很深，不宜說透。讀者或許會問：「為甚麼？」文學所誰都明白，錢先生並沒有攻擊任何人

行為不端，一切只能證明，錢先生記憶超人，讀書超世，幽默超凡。

還有件引人興趣的小事，在此一併記下。那是錢先生第三次經我手借《東坡集》，我送到他已搬來許久的南沙溝新房的書桌前說：「您就是偏心。」指的是他歷來誇獎蘇翁，我總說他「不遺餘力」捧蘇，這次先生「以攻為守」了──「請少用幾個字來描述他，五字為限吧。」文字遊戲是先生的偏好。

「六個字『詩情』『酒飯』『為官』。」

「字多一個，重來。」

「『詩』『酒』『官』。」

「好。真好。」前面一個好字是賞我，後邊的「真好」顯然是針對在《東坡集》上已經找到並核實無誤的蘇詩。先生那麼快，那麼急，像個小孩子。然後往往就像外公要留下小孫孫過兩天一樣，「書留下來，讓我再溫習一下。」對此，我早習以為常。再下邊，先生會指指放在幾塊紅磚頂住的條板上面一堆書，進入還書階段。我一邊把數十本書裝入大書袋，一邊叨嘮着先生，「剛三天，要讀多少啊。」

「不是新讀，都是復習。」

我說：「孔子搬家──只有書。王朝雲說蘇子是滿肚

子『不合時宜』。錢先生您屬於孔子一派。」

先生說：「我連名字都有書，默存更需是讀不盡之書，還有三天兩頭讓你這位子路同志運個不停的也是書。」

我趕快借力打力：「所以只用一個『書』字概括您，足夠。」

「怎麼講？」

「您看，『想書』『借書』『讀書』『抄書』『解書』『講書』『比書』『著書』『補書』『輯書』，壓縮下來，只一個『書』字啦！」先生笑，我自得。

我立刻拉上拉鎖，揹書上肩，聽着先生說：「咳，你就剩『送書』『還書』兩件事了。騎車給我小心着！」走到門口回頭告別，他又在讀了。

我沒親眼見到《圍城》寫作，但我看到了《管錐編》的全部寫作過程，兩本大書一個樣，作者用他的智慧，震撼着世界，充分證明聰敏的人類，足以逐步解開人類自身的種種謎團。

事實還證明，對人類自身特別是人類思想的探索，非常深奧。自然科學、生物學當中的醫學最困難，而有關人類思維、感情的探索，尤其困難。錢先生不畏艱難，讀遍一切需要讀的書籍，經過精審科學分析，化以模糊形象結構，播散幽默深邃的笑聲，甚至舞弄魔術家智棒，使其文字有如天雨和颶風，表述着古今曠世思索成果，催人猛醒。這就是作家學者錢鍾書和他的《圍城》及

其《管錐編》。

當然，對於文學作品，從來是仁者見仁，智者見智。尚未結婚者，讀過《圍城》慎重結婚；已經結婚者，讀過《圍城》謹慎離婚。儘管不可能深讀洞穿，但能夠淺顯理解，也應算是好事一樁。《圍城》的深層主題不被認識，並不會影響閱讀的趣味，更不會阻礙淺層主旨立意浮出水面。深入的主題探索，卻能把感情結論順暢地引入理性探索的深度。錢先生贊成「城裏的人想出去」和「城外的人想進去」，對「想進而進不去」「想出而出不來」的困境也會「舉雙手贊成」，《圍城》寫人，人類，人類困境，人生困境，全人類的困境——文學和哲學共同終極難題。

為解決人生哲學難題，因此總縮人生的思想，成為寫作的重點內容，要把它寫好寫深，就需要把傳統小說中人物和情節當成輔助手段，也是作者精妙的文字和人物生動機敏言語，推動讀者邏輯思緒，產生哲學思辨的果實，從而描述不可名狀的人生。這個複雜化結果，充分宣示着作者文學力量。而人物方鴻漸從群體、家庭、職業、宗派、信仰、民族、國家、社會和階級，帶着被弱化的痕跡，而又能充分個體化、精神化。同時我們可以認為方鴻漸已被作者充分語言和文字化。其文學魅力強度遠勝於鮮活的繪

畫。作者單一化預設，給自己文學創作規定了最大的難題。

《圍城》以思想作為核心，簡直可以直截了當地將其稱作獨一無二的「思想小說」。思索、分析，以及文字描述是《圍城》創作的基本方法。情節和人物不是不要，而是使其處於下游從屬位置。因此，《圍城》由其誕生之日起，要麼受到規矩人的誤解，要麼也會招來嫉妒者的攻訐。我曾猜測，這是錢鍾書先生要「用小說」「打敗小說」的代價。近百年來，「白話小說」「文言小說」「筆記小說」「章回小說」「言情小說」，甚至「恐怖小說」「魔幻小說」，均可大行歲月，惟獨最最難作成的「思想小說」沒人寫。能寫得盡善盡美，反遭詬病，《圍城》代價是不是有點大？「那小說，我不寫，餓肚子也不。」以小說填補居孤島之家用，正是小說《圍城》研究者共有的結論。豈知稻粱之謀，乃經濟之學，絕非錢鍾書所構建小說之哲學基礎也。

在學部幹校我也曾試着對偶之文，其中偶存數句述及此事，可選錄於次，以博一粲：人物到處有，情節隨意揀。遍訪西方聖，探出大世界。打開通天窗，揮灑無名花。駕我駿漢字，道盡人間理。

錢先生一生拒絕媚俗，而這種拒絕的反骨，恰恰是推動藝術和學術進步的不朽動力。錢先生一生也拒絕纏鬥，而這種拒絕的成功，恰恰為他贏得時間和空間，為人類寫出最優秀的關於人類

自身的作品。他的偉大情懷，來自人類固有的艱難情感和孤獨，致力堅韌深鑿，吸吮人類文化的源頭之水，從而構成錢先生一生的巨大財富。從這一點上來說，大書《管錐編》和《圍城》沒有不同，只是《圍城》在先，《管錐編》在後，前者寫人情，後者寫人理。這既合自然次第，又合邏輯順序。

　　錢先生所說《圍城》是部小說，它是用來打（倒）小說的。重思想，輕人物，更輕情節是戰勝一般小說的代價，或者說是必要的方法、高明的手段、天才的技巧。至於說生動鮮活的文字語言，我們已經列舉許多，可謂武器精良，豈有不勝之理哉。

八、餘話（上）

　　為探究《圍城》主題，費去我不少心思，花掉許多時光，得到的卻是一個簡單結論，但我不曾覺得自己可笑。一個無知者，在不知不覺之中，能走近作者作品，得以「知心」「會心」，使我在為《管錐編》工作裏學有所獲，一本萬利，樂不可支。在不短的日子裏，《圍城》未曾移動半步，更沒有想去遷就任何人，其人物一位位地落地，其情節一段段地再現，妙喻、預言、猜想和場景有如走馬燈般，向讀者證實著作者概括思想和藝術表達的高超能力。更讓我們出乎意料之外的是，作品並不因應時而過時，反倒讓讀者感到社會和周圍人群都在進步，《圍城》總能幫我們看透往昔以及預見來日的那些各式各樣「圍城」，甚至真能夠使人們衝出城外去或走進城裏來。

　　1946 年 2 月起，《圍城》先在上海雜誌《文藝復興》第一卷

第二期上連載發表，共六期，至 1947 年 1 月第一期全文終
了。這部人類史上不可小覷的精緻的文學作品，展現着中
華文化人不屈性格和高尚文學造詣，同時正如鄭振鐸、李
健吾先生在《文藝復興‧發刊詞》中所說的，「文學的任
務是：開啟了新的世界，新的時代，發現了『人』」，「為
新的中國而工作，為中國的文藝復興而工作」。很快，單
行本《圍城》於 1947 年 5 月正式由上海晨光出版社出版，
兩年間兩次再版加印，每版逾萬，已屬於暢銷書之列。

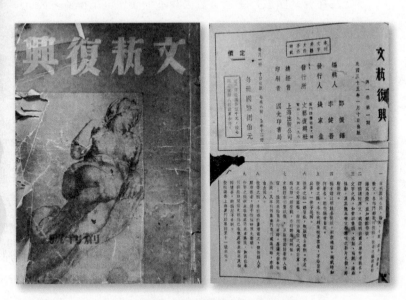

《文藝復興》1946 年創刊號封面和版權頁

圍城

錢鍾書

《文藝復興》目錄　　　　　　　　《圍城》連載

其後三十年間，大陸與台灣雙方，政見不一，軍事對立，文化阻隔，但對《圍城》採取了相同的政策——禁印刷和禁發行。令我吃驚的反倒是，我並未找見任何相關的禁令。一位友人為此嘲笑我，我接受。書籍一禁，對以營利為目標的書商反有一便，可以繞過作者蒙蔽讀者，盜印盜售，不負責任，不必再假填印數，以錯字誤簡成災，贏獲更大利益。我們將能夠搜集到的各種印本的封面集中在一起，哪個看得出誰正版誰盜版，算是別有一番風趣。

上海晨光出版社
1947 年 5 月

上海晨光出版社
1948 年 9 月

香港基本 1980 年

台灣輔欣 1979 年

台灣金安 1982 年

台灣文史哲 1984 年

台灣谷風 1987 年

台灣全興 1988 年

台灣書林出版 1999 年

香港天地圖書 1996 年

人民文學 1980 年

人民文學 1988 年

人民文學 2003 年

人民文學 2006 年

人民文學 2012 年

人民文學 2013 年

三聯出版社 2001 年

廣西人民 2001 年

寧夏人民 2008 年

作家出版社 2007 年

作家出版社 2009 年

四川文藝 1991 年

北嶽文藝 2013 年

華語教學 2008 年

外語教學研究 2016 年

新疆人民 1991 年
維文版

美國印地安娜大學出
版社 1979 年英文版

莫斯科文學出版社
1980 年俄文版

法國克里斯蒂安‧布
熱瓦 1987 年法文版

德國法蘭克福出版社
1988 年德文版

西班牙阿納格拉瑪出版
社 1992 年西班牙文版

日本岩波書店 1988
年日文版

韓國實錄出版社
1994 年韓文版

　　1980 年 10 月之前，由於《管錐編》的出版推動，人民文學
出版社率先悄悄地出版了《圍城》小說，正如當年不允印刷出版
一樣，無痕無跡可尋，冬日裏凍痿枯黃，而今春風中雄壯油綠，
第一版印數即達 13 萬冊，至 1982 年冬，時間剛好兩年，已第三
次印刷。至 2015 年 11 月，印刷已有十三次，據版權登記該社一

家所印逾百萬冊。這一時期台灣、香港同步隨之。至於長期連續非法出版印製者，則不可勝記。世界各地紛紛出現有英、法、德、俄、日、西、韓，甚至還有我國少數民族語譯本。四十年來受到許多讀者的歡迎，形成了一支龐大的鐵桿粉絲讀者隊伍，甚至可以說該書成為「長效創收」的基本書。其間曾有人設想為之易主與《洗澡》並出，一位老出版家竟立即提升稿酬，垂淚陳辭挽留，同時改為版稅制，這些都是後話。由本人經管階段，作者所得印數稿酬可以說卻畸輕得可笑。一位在高法工作的友人曾十分嚴肅地告我，有關《圍城》的案件發生率不低。

讓我們再回到學部「五七」幹校，公平地說，對《圍城》從未當作重點來批判，因為它絕不可能再重新出版，對死老虎的政治結論自然也是「再踏上一隻腳，永世不得翻身」啊，誰也不再公開談論其是非曲直。事實也擺在那裏，包括並不趨時的革命文藝理論家，也不可能想到，《圍城》還能達到被歡迎和讚賞，甚至模仿的狂熱程度。

從 1977 年 5 月 7 日起，學部更名為中國社會科學院。1978 年 8 月 31 日至 9 月 23 日，錢鍾書作為中國學術代表團成員，赴意大利參加第 26 屆「歐洲研究中國」會議並訪問意大利。團長為許滌新，團員還有夏鼐和丁偉志。1979

年 4 月 16 日至 5 月 16 日由宦鄉任團長的中國社會科學代表團，赴美訪問。1980 年 7 月 21 日，錢鍾書被任命為中國社會科學院院務委員，11 月赴日本訪問，在早稻田大學、愛知大學和京都大學等學術機構演講。此後，錢先生絕無僅有地向院領導提出，「今後不再出國訪問」。1982 年 6 月 14 日錢鍾書被任命為中國社會科學院副院長，後任院特邀顧問至 1998 年逝世。

關於這位《圍城》作者這個階段諸多狀況，我們回憶起來，興奮之餘總有一些遺憾。錢鍾書先生作為中國文化和社會科學的表率人物，他的國外之旅，展示出中國文化的魅力，呈現着中國文化成就，表白了改革開放胸懷的壯麗之行，並未得到相應的全面記錄、搜集和報道。在國內報刊發表的文章之中，最具權威性的是社科院副院長丁偉志先生寫的〈送默存先生遠行〉一文，非常精彩生動。丁先生說：

1978 年 9 月在意大利參加歐洲研究中國協會第 26 次會議期間，在意大利朝夕相處的二十多天裏，我漸漸地更加深刻地領會了他的博學、他的才華、他的機敏、他的深刻、他的幽默、他的高潔。他當年的音容笑貌，至今仍歷歷如在目前。記得在意大利北部山城奧蒂賽依舉行會議的第二天，即 9 月 5 日的上午，錢先生在學者雲集的大廳裏，登台發表講

演。他用標準倫敦音的流利英語（不是像有的傳記中所說的用意大利語），神采飛揚、旁徵博引地論述了中國和意大利間文化交往的歷史，預測了中國和歐洲文化間交往的良好前景。錢先生以文學家的激情，呼籲「中國和歐洲不再隔絕」。他祝願「馬可·波羅橋（即蘆溝橋）將成為中歐文化長遠交流的象徵」。錢先生的講演，使得會場空前活躍起來；講演後他在對各國學者提問的回答中，把英、法、德等國的文學典故、民間諺語，信手拈來，如數家珍，語驚四座，更使得會議進入了高潮。法國學者于儒伯，用漢語提問，錢先生當即用法語援引法國文獻加以回答，于儒伯先生聽了，立即大聲說：「他知道的法國東西，比我還多！」引起了全場一片讚嘆的轟動。法國的《世界報》對這次會議所作的報道中，十分生動地說出了歐洲學者們聆聽錢先生講演的強烈感受。報道寫道：「聽着這位才氣橫溢、充滿感情的人的講話，人們有這樣的感覺，在整個文化被剝奪的近十年後，思想的世界又開始復甦了。」那時在場的我，真是激動萬分。我真正感受到，錢先生確實是中國文化的光榮，或者說，現代的中國文化由於有錢先生這樣傑出的代表而倍生榮光。

我多麼由衷地慶幸我們國家，在大劫之後，居然還會保存下來了這樣出類拔萃的大學問家。正是有賴於此，在經歷了十年浩劫的折磨之後，我們國家的「思想的世界」才能夠「又開始復甦」。會下，錢先生成了歐洲學者們包圍的對象。

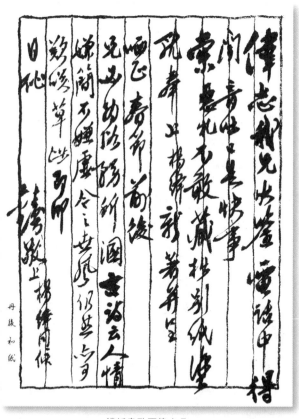

錢鍾書致丁偉志函

　　他訪美歸來，我高興地稱道，「十分漂亮非常圓滿地完成了全部任務」，「獲得了極高的聲譽」，不料我這兩句通行的歡迎詞，並未依例惹來錢先生的指斥。那時他反倒羞怯地說，在美國機場丟失機票，全因季康和你們嬌慣伺候所致。而事後讓人感到意外的是：儘管那個時節，《圍城》國際聲名高漲，讀者大量增加，但都未能推動對《圍城》的研究，其中包括文學研究所。

　　《圍城》發表，「妙」字用得最多。1947年底，彭斐在上海《文藝先峰》雜誌上發表〈圍城評介〉一文，就是以「妙」字起頭寫的。該文稱：「讀者們往往捉摸不到全書的主題，忽略了故事的進展，甚至記不起人物的性格。」應該說這是《圍城》自面世以來一個永恆的疑問。當然，他們在認同錢先生自己擺在書面的「出來進去說」以外，如果像〈評介〉一文把《圍城》概括為「一服清涼劑」，就露出不可名狀的平庸來。

　　在海外，和國內有些不同，美國哥倫比亞大學夏志清教授，於1961年出版的《中國現代小說史》一書最引人注目。我說的注目，首先是從錢先生言談中得到的。大約是1975年完成《管錐編》之前，先生方才讀到友人借讀的「夏史」。夏先生的議論一掃《圍城》出版以來被表面化的沉

寂，沉寂當中偶有稱道甚至叫好，也顯得蒼白無力，既無共振，更無通感可言。夏先生的書，首先做到振聾發聵，他說：「《圍城》是中國近代文學中最有趣和最用心經營的小說，可能亦是最偉大的一部。」女主人公「是現代中國小說中最細緻的一個女性造像。」甚至「差不多所有小說中的諷刺寫照都非常令人發噱」。最有趣的是夏先生不但在他《文學史》中設立了「錢鍾書」專章，同時竟將小說結尾部分，大約六七千字原文照錄，其惜愛之情，溢於史表。

此後，夏先生來京，曾專訪錢鍾書，我曾在文章中提到其中有一次我在場，談話多使用外語。我沒聽到他們說起《圍城》。

1980 年台北成文出版社的《中國現代文學研究叢刊》中有周錦先生所著《圍城研究》一書，於 1981 年 6 月 8 日由馬力先生從香港帶來送給錢先生。客人走後，錢先生照慣例翻讀一過，在該書首頁題字，僅稱「觀之笑來」四字，並判曰：「當是台灣文流所作」，顯然並未入先生法眼。周錦先生以《圍城》九章邊敍邊議，其最後結論是：「《圍城》不是頂好的長篇小說，但它有着不同於一般長篇小說的風格，有它特別的成就。」這樣的評價，是關於《圍城》最通行的文本格式，具有廣泛的代表性。《圍城》作者，把自己的主題思想藝術化，使用無以倫比的精美文字將其包裹起來，交予評論家，顯然失策。

 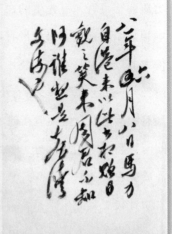

　　直至 1986 年春，忽然有多家歐洲報刊預測，《圍城》或將與「諾貝爾文學獎」相關，風聲一陣緊似一陣。此前幾年，錢宅曾有後來榮任該獎評委馬悅然先生造訪。據我記憶會面並未涉及《圍城》本身，更沒談論「諾獎」，氣氛算得上融洽。但兩國頂極學人所談，多使用非漢語，故我只能知其一、二。正如夏志清先生拜訪錢先生，所談大部分使用英語，我只對錢先生着力用中文說他「不懂政治」，記憶深刻。錢先生從來堅持原則看法，對自己作品非常自信，他完全能正確判斷，多數讀者尚未讀懂解謎，

因此在自信基礎之上，另添加幾分自得。外界一切解說，一切所謂批評，他認為「浪費時間」「分散精力」，甚至「自尋麻煩」顯得「庸俗無聊」，「不得要領」「根本沒有讀到讀懂」等等，正如前面所引致丁先生函中不易認明的文字：「今之世風仍然，亦可嘆笑」矣。

報刊大颳「獲獎風」當頭，錢先生問我：「有相熟記者嗎？」我無法回答。因為歷來怕記者討擾先生，我經常有意疏遠他們，免去為採訪寫稿一開尊口，或由此讓先生拒絕招怨。這次錢先生問下話來，似屬有違常態，故我多日沒有回覆，先生一定怪我「不知心」，所以後來錢先生有了「甕鱉」之喻。

3月中旬，有作協吳泰昌先生陪中新社香港分社記者來訪，適逢其時，錢先生自然會被問到「諾獎」問題。訪問者很快應錢先生之囑，寄送來樣稿，請先生審改。作者寫得很謹慎小心，錢先生說，「一般記者膽子都大，可這位膽子小。」第二天。我從錢先生處帶走稿子時，多了兩頁錢先生親筆書寫的加頁，專談「諾獎」。稿件經吳先生返致作者，似乎後在香港發表。其中關於「諾獎」部分，《文藝報》在第一版刊頭，特別在北京發表了類似摘要的簡明版本：〈著名學者錢鍾書最近發表對「諾貝爾文學獎」看法〉一文（見 1986 年 4 月 5 日《文藝報》，總 478 期，在此應特別感激長期在中國作協工作的寒小風先生幫助找得珍貴之文）。

著名學者錢鍾書最近發表對「諾貝爾文學獎」看法

　　本報訊「蕭伯納說過，諾貝爾設立獎金比他發明炸藥對人類危害更大。當然，蕭伯納自己後來也領取這個獎的。其實咱們對這個獎，不必過於重視。」

　　著名學者錢鍾書是在寓所接受中新社香港分社記者採訪時，發表他對「諾貝爾文學獎」看法的。

　　他說：「只要想一想，不講生存的，已故得獎人裏有黛麗達，海澤，倭鏗，賽珍珠之流，就可見這個獎的意義是否重大了。」在談到博爾赫斯因拿不到諾貝爾獎金而耿耿於懷一事時，錢鍾書說：「這表示他對自己缺乏信念，而對評獎委員似乎又太看重了。」

　　作為新聞，來源含混；作為引錄，亦不清晰。總與我記下的印象不合，更比先生平日議論內容，少掉許多諾獎漏洞之例。但錢先生明白，他們「全是好心，怕我惹是非。幾句話，也算可以了。諾獎，諾諾之獎，不過爾爾。」

「看法」文章發表之後，又有其他報刊相繼轉載，一時還不能為業界所理解，日子久了，也未得到普通讀者的共識。先生話已說完，燈光熄滅，忙把大幕拉嚴，給文學和社科舞台留下遺憾、猜測甚至誤解。為了補救，我們都認為應多搜集一些錢先生可以公開的言談。錢先生曾說，事由《圍城》起，我不能迴避。獎是人家錢，愛給誰給誰，外人無權管，想管也沒有辦法管。評獎雖能激促或抑制文學創作，但不可能控制文學的走向。我只希望省時省力簡單解決，卻給好心馬教授留下「窘境」；是咱們找記者，明明「請君入甕」，不好意思，只能說是我被「甕中捉鱉」啦，「對、對不起」。當時我照例不應錢先生的道歉，「對不起」，他老人家說的多着呢！先生所舉更多「諾獎」誤例被精簡只是表象，究其根本，只欠一句話：請先把《圍城》讀懂，理解《圍城》的主題，比爭「諾獎」來得重要許多。給我發獎，並不能說明你讀懂了《圍城》。作為追隨者，歷來不應對先生話語——特別是文字，有解釋或評論的義務和責任，由於本人屬於知情的旁觀者，只能如實記下感受和印象。當然，我也不可能隨時在場，事事知道。我只求先生所在空間平靜，時間足夠，讀書方便，不受干擾而已。

　　上面這條剪報證明「諾獎流言」不假，但它完全能阻隔流言成真。

　　錢先生此舉，宣示他並不理會熱鬧獎評，同時用這樣一種辦

法來保證自己寫作的充足時間。其副作用，是在讀者市場罩上了神秘色彩，隔離開和讀者的距離，客觀上為「錢學」愛好者任由離譜文論迭出，謀私營利，創造了種種方便條件。今天，認識排除這種副作用，並不十分困難，只要提倡認真搜集、編審、閱讀原作，就可以大致消除。一位友人曾說，錢鍾書著作是衡量我們閱讀效率、認識能力、理解深度乃至學術水平的一把尺子，其中也包括傳播方向、抗干擾能力。我贊成這個說法。

錢先生終其一生，對「諾獎」的看法從未改變。早在1944年之前，他就曾以遊戲般的手法，利用「小說」對「諾獎」「說三道四」過。錢鍾書先生歷來忽視自己的「少小之作」，可他從不否定自己年輕時天不怕地不怕。小說集《人獸鬼》中收有《靈感》一篇，讀者都不可能猜想得到，充分展現青年天才的靶標是這樣的：「諾貝爾獎金的裁判人都是些陳腐得發霉的老古董」，「獎金人選發表以後，據說中國人民全體動了義憤，這位作家本人的失望更不用提。」年輕的錢鍾書轉身發揮想像，記錄下全社會報紙社論的四種態度：一、大罵獎金主持人「忘本」，因中國人比諾貝爾更早發明了炸藥；二、異想天開，用賀喜的方式安慰作家；三、領外國人獎金，是一種恥辱，中國應設自

己的獎金；四、文學應該提倡，如果作家要自己出錢設獎金提倡文學，也該受到獎勵。

我們需要回溯到上世紀 80 年代之初，錢鍾書先生和「諾獎」評委馬悦然先生的交往，説是兩次，其實只有一次。第二次錢先生的婉謝，恰恰正值慶祝馬先生受聘「諾獎」評委的同時。錢先生向我講謝絕馬先生的具體經過，同時留給我一份他剛剛讀過的舊報。因為那是一次關於《圍城》和「諾獎」的短兵相接。

1991 年 3 月 9 日，台灣《中央日報》《話題 · 人物》專欄，有梅新 · 林黛嫚題為《只有中國文學　沒有兩岸文學》專訪馬悦然博士的文章。馬悦然是瑞典皇家學院十八位院士中，唯一懂得中文的人。訪談中，馬先生説明他目前是第四次訪問台灣。

訪談中馬教授談了他認為詩人北島不可能得獎。其中有一節專談錢鍾書先生的。除此之外，馬先生依次還提到老舍、巴金、李鋭、高行健、鍾阿城等作家。按錢先生説法，馬悦然不符合常規地透露了「諾獎」的評獎內容，很不適當。但該報所刊有關錢先生的文字，錢先生不以為然。先請看原文如下：

　　錢鍾書是很有學問的人，我看過他的散文，但除了《圍城》外，嚴格説來，他其餘的著作不算是文學作品。我認識錢鍾書，他不但很有學問也很自負。記得 1982 年我組團訪

問大陸，發表關於中國 90 年來研究文學的工具書，分為討論長篇小說、短篇小說、詩、戲劇四個部分，原本還預備發表第五部分關於文學評論。我去函錢鍾書，請他推薦一些優秀的作品，他說，有嗎？中國有評論文學的散文嗎？我沒聽說過，不能提供。他認為中國沒有一位評論家的作品值得討論。

當 1992 年 4 月 5 日，錢鍾書先生把這張將近一年前的一整版舊報——《中央日報》影印件遞我之際，曾向我談了一段長長的話，我當晚追記摘要如下：

　　據錢先生說：此係造謠，馬先生從未有「去函錢鍾書」之事。他與馬先生的接觸共兩次：（1）1980 年馬先生曾赴錢府拜訪，錢先生只與其談「拉丁文」，馬先生多次張口結舌，後向有關人士云，錢某用「拉丁文」將我考倒。該時馬先生尚未成為「諾貝爾」評委。錢先生多次對別人談起，他除有一個「枕頭字典」外，並無漢學基礎。（2）1982 年，他在北京之際，正巧其評委聘書下，有那麼三兩位名人也趨之若鶩，語言所外辦曾致電話錢先生，提出可否為此代錢先生送花籃一個，以表祝賀。錢先生婉謝說：可以替我賀賀，花籃之類就不必送了。後來馬先生又託人提出再見錢先生，語言所人員又致電錢先生，問「馬悦然先生欲見之，可否？」錢先生又以身體不好婉謝，致電者竟說：「您知道馬悦然是誰嗎？」錢先生應道：「馬先生認得我，來過我家。」官員為之愕然，一切可以想見。此後，馬先生再與錢先生無來往。大陸、台灣文學家為馬先生應聘大興波濤，後《光明日報》記者訪錢先生，遂有該報載談話文，對「諾獎」多有批評。

錢先生說，此獎為「小國家出大名的好方法，除這種
方法本身應得獎外，其他並不能作為評判之標準。」當
然，不排除其間有好的名人，好的作品，甚至就是「馬
屁」之類獎者，也不失其為好的優秀之作，如邱吉爾
之四卷《歐洲文學史》之類。此段公案將來或許有大
白於天下之日也。不過「文人」說謊，未免有失體統。

　　　　　貴明　1992 年 4 月 5 日清明節

　　除以上概記之外，錢先生還曾說過大名馬先生竟全然
不知甚麼叫作「文學」，拿着鞋滿天下找腳穿，讓人吃驚。
錢先生留言一開頭便斷然宣佈：《中央日報》所記馬先生
「去函錢鍾書」之事，屬於「造謠」，此案大約已經審結；
當然，錢先生「我沒聽說過」等等，一定更屬「謠言」無誤。
至於謠言製造者，錢先生沒說。

　　錢先生日常談話和文字當中，對「諾獎」的非議，實
際代表着他對「文學評獎」的一貫看法。任何因素也不能
改變錢鍾書這些看法，其中包括與朋友馬悅然的見面。錢
先生有一句話倒是值得留下一個紀念：現在他和馬悅然是
朋友，如果他們想評獎而評不上，或他們不想評而評上了，
再或者馬先生想評而他不配合，甚至馬先生終於評上他，

而他不認賬，其結果都只有一個：他們再也做不成朋友了。

在一般讀者心裏，錢先生對「諾獎」的態度並不會讓人感到意外。而錢先生從不偏執，更不拒絕對他本人精準、生動以及別致的評價。下面這一則評語是錢先生自己抄錄，自己翻譯的比利時非常著名的漢學家西蒙·萊斯（Simon Leys）1983 年 6 月 10 日在法國《世界報》上所發議論。西氏本名李曼（Pierre Ryck-mans），他曾多次來中國，受到過周恩來總理的接見。2014 年 8 月逝世於澳洲以後，法國負責漢語教學的白樂桑總督學接受記者採訪時說：「西蒙寫過的東西不算很多，但影響卻很大。」「他文化水平與個人眼界要比常人來得高遠和廣闊。」同時還有人指出西蒙先生「並不是以政治學家而是用一位文學家的身份去批評中國的政治制度」。西蒙先生來京曾見過錢先生，錢先生留下的便條原件尚在我處珍藏。

西蒙·萊斯

法國《世界報》6 月 10 日，比利時作家西蒙・萊斯：「錢鍾書，難道我們就不能授予錢鍾書榮譽勛章嗎？他是一位天才的作家。從文學的觀點看，他的作品不很多，但質量是非常高的。他對中國文學、西方文學乃至世界文學的知識都是令人吃驚的。今天，不僅在中國，就是在全世界也是無法再找到第二個錢鍾書。」

或許這條公開的言論記錄，先生本人大致認可，所以他親自抄留給我保存。每當我懷着景仰心緒讀到那些讚譽文章之後，總會聽見許多推拒之辭，當然，這會讓我們感知先生的謙遜胸懷。但這次他並未按照慣例斷然否定，而是抄下相示。其實錢先生從來就有着深深的自信，坦坦的自負，他既誠摯而又親切，永遠掛記着你的理想和實現理想的難處，把自己「登泰山而小魯」「開拓萬古」的心胸，真切地傳遞給晚生求學者。這種內心響應，絕不是空穴來風。

本文只為《圍城》記些瑣碎事，希望能幫助年輕的讀者深入了解大書《管錐編》，首先應該正確認識小說《圍城》。一文論一小說，不能缺位，本文即為此而作。不料，

為大編張世林先生所迫，越寫越多，不可收拾。這些有關《圍城》的零言碎語當中，一律不搞對號考索，尤其注重原作文本，同時尊重歷來讀者和評論家發表的觀點和結論。

惜墨如金的錢先生認為，《圍城》正式出版已經久遠，中間又經歷了幾十年的海峽兩岸禁絕，要給讀者和研究者以充分的時間，大家才好對話。特別是到了 90 年代初，電視劇上市，觀眾並不了解作為小說的《圍城》，更不要說拿兩者進行比對……需要時間，需要等待。先生每道及此，總愛提及自己的愛女錢瑗。「等會，阿圓最愛説這句話」，他學女兒的口氣，很像台灣那位前總統的大號，「等會好吧！」

不曾料想一等三十年、四十年、五十年都已過去。

九、餘話（下）

在錢先生壽誕之前二、三個月，中國社科院副秘書長楊潤時詢問明年如何為錢先生祝賀八十大壽，我們商定出一個先生肯定能接受的方案：由我們倆共同精校很久未曾出版的《寫在人生邊上》。他正式提出應説服錢先生同意把《圍城》搬上熒屏，我説：「沒人能攻城拔寨，我也試過幾次，大敗望風而逃。」楊潤時先生照舊條理清晰地説：「第一，《圍城》其次，他的學術方才是國之大；第二，強攻不得，需要智取。」靈光一閃，高人議論，當然高明。我説：「錢先生常説他寫《圍城》時，生活艱難，楊季康包攬家務，幾乎餓着肚子寫了幾個劇本《稱心如意》《弄真成假》等。黃佐臨導演，選中季康大作演出，票税不菲，我榮任『楊絳之夫』。深情相助，未及酬答。」楊潤時先生説：「妥了，城已拿下。」不久，錢先生指着我鼻子説：「一定是你多嘴，黃

佐臨女兒黃蜀芹來了，帶來他爸爸一封信，要拍《圍城》。」我理虧心虛，先生又確認無疑，我暗下決心，不再多嘴洩密。

可惜，沒有多少日子，我再次犯了大錯。楊絳先生説：「拍電視的要來見你錢先生，錢先生已經謝絕了。」「對，有書在，自己讀多好。」楊絳先生慢慢説，「是主要演員都來。」她一位一位數下去。這時我説了一句不該説的話：「他戲演得很好，他的夫人名氣也大，您二老不是誇了好多年？」事情再次扭轉，萬幸的是，事情過後錢先生沒有當面批評。《圍城》電視劇大獲成功，楊潤時先生曾表揚我説，「是你出力，把《圍城》送給中國人民大眾。」這讓我大出意外。

關於電視劇《圍城》，在我存有的錄音資料中，總共記有六次。

1、1990 年 10 月 28 日：莫尼克女士在場。
錢先生：「電視劇還拍得可以。陳道明説他沒拍過這麼好的戲。」「朱寨看了嗎？」

2、1990 年 11 月 4 日：莫尼克女士在場。

楊先生：「電視有幾處要改。一是蘇小姐在自家稱呼不對。二是趙辛楣給『他們訂一房間』是不對的。李慎之發現《飄》的背景不對。」

錢先生：「我本來看都不要看，她和女兒把我按下來看。」

楊先生：「按下來看兩眼，又跳起來。」

3、1990 年 12 月 9 日：電視裏正在放《圍城》的帶子。

錢先生：「昨晚的《圍城》看了嗎？汽車還有點像。」「他們努力，拍得還可以。」

4、1990 年 12 月 16 日

錢先生：「現在總算演完了。昨天晚上三集。我不看。一看還要仔細翻書，書裏埋了很多線索，對話也刪得可惜。我的對話比起曹禺來不知要好多少。總體拍得算好了，謝謝他們。」

5、1991 年 2 月 24 日

錢先生：「引來了《渴望》，把我救了。」

6、1991 年 4 月 7 日

錢先生：「《圍城》又要播了，新加坡也要演《圍城》了。

我還看《西遊記》。」

　　有一個小的問題應該表述一下。文學作為我的職業，但專業卻在古典，因此對紅透半個天的影視不容置喙。而今僅選取相關兩事姑妄言之。我認為文學是影視核心要件。影視的基石永遠是文學。

　　其事一，經常有朋友問我，《圍城》電視劇可否再拍？我綜合錢楊二位先生的零言碎語，略述一二。黃蜀芹導演的《圍城》電視劇，已達到高水準，沿原途再拍，肯定不易突破。而提高對原作的認識度，置文學於統領地位，首先是高精準再現《圍城》全部或大部對白，輔以必要的素雅場景，簡明情節，企盼可以構造新型的「文學電視」。錢先生常說：「二流的文學作品，往往容易拍成好電影好電視。」對待他老先生的「一流文學」，只能以電視襯托文學，不能用文學輔佐電視。

　　其事二，錢楊二位惜時如命，他們也不是不看電視，更不反對電視，只是絕不長時間連續看電視。錢先生喜歡《西遊記》，小說、電視劇、動漫都看，我見他在看電視，恐怕不會有人相信，都是站在電視機前，還經常觸屏指點孫大聖甚麼地方違背了原作者之意。然後，走到電視後面

書桌落座，大筆一揮，寫出一篇又一篇小文，為《西遊記》鳴冤叫屈，匿名寄往上海。大編在不知情況下，目光如炬，即時上報發表。如今不知有沒有錢鍾書愛好者，可以協力在 1985 至 1987 年之間的《新民晚報》上尋找這些佚文。現在我們如能把這些小文輯到錢先生名下，甚至收入《錢鍾書集》，多麼有趣。

楊先生晚年視力下降，看書不宜過多，所以電視也看得多了一點。一個偶然的機會，她向田奕講起看電視劇《大染坊》的好印象，田奕說，「那位作者便是以錢先生為師的陳傑，錢先生把他的學習彙報信，轉交欒老師，錢先生建議多給他幫助。他還幫助咱們到北京醫院照顧錢先生一個多月，解決了大困難。」

我想起先生生前，曾將一位「文學青年」陳傑的十多封來信交我，言明此人乃「通」者，由我負責回覆他、幫助他。我們書來信往，神交而尚未謀面。但錢先生的一個「通」字，分量畸重，因為先生評論我和我的同輩，多用「不通」從嚴要求。日後錢先生重病遭遇困難，陳傑自己開車來北京，送來專業護理人員。那時我進出醫院也只能「翻牆」之法，約陳傑一起去見先生，他說他敢「跳牆」，但不太願打擾錢楊二位先生。他只要求我能和他談談。不曾想到一談，他拿出已相當破舊的老版《圍城》，讓我隨便翻到一頁，便開始向下背誦。濃重的山東口音以及精準的語氣和表情，使人震驚。直到半個小時左右，經我多次制止，他

才停下來，背誦沒錯誤。我一下子明白，錢先生為甚麼惟獨說他「通」呢。那天我查了他給錢先生的信，主要是涉及西方文學理論和作品的問題，信中並未提及《圍城》。我把見面事告訴先生，先生說，「我害他吃苦，你應該好好幫幫孩子。」我曾詢問他《圍城》小說的主題立意，竟回答得似是而非。我按先生本意使其「頓悟」。後來在我建議下，陳傑開始寫電視劇本《大染坊》，獲得了享譽全國的好成績。

當楊先生得知隱身陳傑的全部細節後，要來山東人民出版社出版的《大染坊》原作，老人竟一口氣讀完，誇讚有加，還說自己眼尖，看出了貴明的影子。楊先生應允田奕順水推舟的請求，用毛筆鄭重題寫了「大染坊」書名的三個大字，並寫上自己的名字加蓋了圖章。

楊絳先生為陳傑題字

後來她又覺得那樣做會引得別人來要題字，怕惹事。她說，「書名，我給你們錢先生寫，還給貴明寫過，這是第三個……好吧，簽名去掉。我有幾點意見你可以轉達陳傑：第一，寫小說一定要寫自己熟悉的領域，寫染布，讓人如臨其境，作者也像個漂染大師，但不讓人嫌煩，不容易。第二，人物名號一定要符合人物身份。像盧家駒的表妹，後來成了媳婦，也是大戶人家小姐，『翡翠』就是一個不能用的名字，那只是個丫頭的名字，一定要改。第三，不是建議，我只是覺得這不像陳傑的第一部作品，因為手法很老練。」當陳傑再版那本書時，印了這個未署名的題名，便是楊先生所題寫。可惜，陳傑根本沒有機會按照楊先生的意見改正。他因病早逝，遺作多有，他沒有辜負楊先生的期望，作品一部比一部好，比如《大磨坊》《勿忘我》《旱碼頭》等。令人意外的是，多年任國家電影藝委會主任、《電影藝術》主編王人殷女士認為，《勿忘我》是電影文學之「上品」，可謂天下英雄所見略同。

崇拜錢楊二先生的陳傑，機會很多，但終生並未見到錢先生，紅線他只有一條：「絕不打擾。」直到錢先生逝世，他只說了一句話，「先生去了，世界從此平淡，今晨是我永遠銘記的黑夜。」竟也共 21 個字，我記得一字不差。

由於《圍城》讀者和研究者主要集中於知識階層，故而作

品引出諸多的考據和索引之作，就我個人來說，經歷了六七十年代，主要是「文革」時期，不能公開研究探索《圍城》，書很難見，甚至談論亦有所不宜。我向錢先生求教這方面問題既不系統又不完整，我在本文前邊的《大書出世》中，已舉了一些「經解」類的問題，如「中庸」等，那無非只是斷章碎簡式的筆記式記載，而屬於更高更大的「解經」類題目，諸如整部古籍的真偽問題，整部的像《周易》《史記》《左傳》《水經注》《竹書紀年》《論語》等，大部頭的像《永樂大典》《四庫全書》《太平御覽》《冊府元龜》等等，已為人講授閱讀內容、使用原則及方法，我均在錢先生安排的「中國古典數字工程」中記錄並予實施。當時「解經」最重要的一部是《列子》，錢先生對那部早已被蓋棺論定為「偽書」的結論，予以徹底的推翻。從那時開始，不論在「經解」和「解經」當中總會涉及「考據」。錢先生是「考據」大家，在 50 年代他就和陳夢家先生有很深的私交，便與「考據」相關。但錢先生總認為「考據」不是目的，僅止是一種手段。與其直接相關的「版本」問題，錢先生歷來有高明的見解，同時也有卓絕而簡單的解決方法。因「考據」等詞不宜，錢先生更不願將其與《圍城》相聯繫，故而此後均以錢先生業餘最喜讀的《福爾摩

斯探案集》中的主人公為代詞稱之。從我來文學所上班開始，直到離開北京醫院下班為止，三十六年間，對那些謎一樣的歷史文學問題，總以暗語「福爾摩斯」稱之。因此《圍城》主題的「福爾摩斯」有時用中文有時用英文，還有時乾脆以字母「H」代替。例如：

錢師如果問，「他——福爾摩斯，可以退休——？」我會反過來作「問題最後解決了」或者「不——能退休」，或者「失業了」「誤傳了」等等，均以「H」為結尾符號。

因此，最後先生向我最明確說明《圍城》主題是「人，人類，人類的困境」等，那條記錄中間插入三個「H」字母。那些在「H」下亦記着：「無毛兩足動物」乃轉移視線之掩飾語也。這次總算是把相關的內容都已交代給諸位讀者了。

關於「H」之迷的最終說法，我筆記中有一節對話，清楚地在「H」下面寫着：

錢先生說：「我的話，不能隨意散播。」

我說：「作者本人的立意總應叫人知道。」

他說：「那是當然，但不是現在。」

我說：「一旦公開，保證會增加許多說辭。」

他說：「恐怕最多是裝作早已知道，不予理睬，明白不久以後，才會形成新的結論。」

我說：「這另是一種幽默。」

他說：「不，應該是『笑話』。」顯然，先生是拿話掃我，轉念一想，令我忍俊不止。先把小故事記完整。

我說：「方鴻漸的笑話。」

他說：「不，錢鍾書的笑話。它不屬於笑話那種驟然的主觀合成，而是逐漸由話語堆積而成。」其矛頭非指文學，而指向沉悶無智的文學研究。

我的資料當中有一頁作廢表格，內容是《圍城》和《管錐編》關係表，只因給錢師看過，所以有特殊意義。日期確已忘記，先生說過，「不予立案」，「你又和『H』聯繫」之類，我記錄在案。錢先生那時忽略了，所謂「立案」「線索」之類，恰恰是冤假錯案的代稱。當然，否定之否定，它還應該有一點參考價值，起碼可以證明我學習努力的態度。原為豎表，略作修正，今排為橫式。

作品題目	圍城	管錐編
出場人物	方鴻漸	錢鍾書
作品主題	人類生活困境	人類文化困境
作品分類	文藝小說	文化論述
著者身份	作家	學者

作品題目	圍城	管錐編
系統特徵	情節弱化　加強人物思想	經典引論　貌似碎片體系
證據來源	生活社會	歷史文獻
表述外殼	文學——感性	哲學——理性
論述內容	具象——有情	抽象——有義
研究對象	今日——人和人類	昨日——人和人類
溝通方法	交互——融通	羅列——印證
限止範圍	有限擴展	無限歸納
成果技巧	語言文字	邏輯思維
成果名稱	人物表演	理論構建
成果目標	藝術化	科學化

　　此外，經錢先生確切記載而往往被研究者所忽略者還有一條。據《槐聚詩存》第106頁有《偶見二十六年前為絳所書詩冊，電謝波流，似塵如夢，復書十章》中有「荒唐滿紙古為新，流俗從教幻認真。惱煞聲名緣我損，無端說夢向癡人。」詩下自註云：「余小說《圍城》出版，頗多癡人說夢者。」此記載似與「H」完全無關，但亦屬「H」之下，顯然亦有大疑問待解。現今我只可依「自註」確定詩作是在《圍城》出版「之後」，但又編詩於1959年欄下，題上又稱「二十六年前」，當年我一定持之詢師，

師以手一揮曰：「Ｈ？似塵如夢。」我立刻退下，記下多出的四個字，同時逃避扣我「癡人」之帽。

最後，以上關於《圍城》藝術和主題的探討，僅僅是個開始，尚須深入。有些問題需要在本文最後特別說明。

《圍城》作為《大書出世》一文起始話題，日積月累寫出九段，恰合《圍城》九章之制，故用以簡稱「九段」為題，以免在成千上萬錢學研究著作裏檢索重出。或者可證：人類寫意《圍城》，《圍城》鐫刻人類。

錢先生 30 歲出版《圍城》，60 歲寫作《管錐編》，他一生中兩部重要而傑出的作品，顯然存在一個共同主題。對嚴肅主題的表述過程——主客觀兩類證據的推導，方式當然不同，但標誌着同根所生兩本大書，孕育細節處處可證，經歷艱苦思索的收穫，一經裝入靈變的錢氏文字裏，瞬息之間便可進入極高的學術和藝術境界，取得令人感佩的美學價值。

作為一名《管錐編》「出世」的在場人，事實證明，一切並不如想像那樣簡單，那樣如意。因此，我應該把故事告訴讀者，只把同一件事集中一處，不作情節構造，也應原諒我記憶的缺欠，以期獨立回憶，相反相承取得共識。

不要忘記《圍城》僅僅是一部奇特的小說，它離《管

錐編》很近，甚至就可稱之為姐妹篇。但是讀者應該不會去「考據」甚至「引證」錢鍾書兩本書的「矛盾」，特別是用小說《圍城》挑釁學術著作《管錐編》，就難免牽強附會。如果拿來《管錐編》證明小說《圍城》甚麼，倒是能達到新鮮可口的效果。小說作為文學樣式，當然不同於政治、法律、歷史作品，一經完成，便可以鑄定其主旨，就是小說作者也說了不算，算了不說。但是，作者對自己苦心經營的一部小說主題可能性的聲明，必能引起讀者極大關注。誰也不應該像紅學研究那樣，囿於版本的錯落，而對於大量異文無可措手足，讓讀者讀完了，糊塗。甚至糊塗其一世半生。

2014 年，一位遠走西澳的同事蔡田明先生，專程北來掃葉園訪，以求深入了解錢鍾書。多日素心深談，他表示對我舊存錢鍾書相關資料興趣極大。主要目的完成之後，他將戰場轉移向理論方面。他希望我能糾正偏重「古典數據」厚古薄今傾向，鼓動我下筆能直接面向錢鍾書，不再設定不寫不發表門檻。

那時，按錢鍾書規劃倡建「中國古典數字工程」基本完成，並轉入「掃尾」階段。同年，由新世界出版社發行了上下六千五百年的《中華史表》，同時還印行出一百多位古人的著作集，從而使我國歷史上實有的太昊、炎、黃、堯、舜、禹等重要人物不再被空置，初步達到了錢鍾書先生「開拓萬古」的偉大

目標。

　　想來這是自己的最後一段時期了，乘敬愛的楊先生健旺，能把得住關口，我應該向中國文化和讀者負責，開始把幹校前後多年聽到的、記下來的，以引錄《圍城》原文為本，敍說錢鍾書先生相關言談話語。編排方法應按我的理解排序，儘量使引文完整，在記錄錢先生同時，希望能幫助讀者方便認識《圍城》這部人類偉大的文學作品。深入閱讀和理解《圍城》，能幫助我們了解並開始接近不易為人理解的《管錐編》。要說錢先生的大書，誰也不能繞過《圍城》。

　　我也必須鄭重聲明，對這些記載的真實性我個人負責。出於這些想法，於是有可能利用「邊角」時間，得以着手整理《管錐編》誕生逸聞之《大書出世》草稿。倡議者不斷施壓，受逼人不能違逆不化，試試也罷，先由《大書出世》中抽出有關《圍城》的內容，或許可以爭取讀者幫助，為我找到不再寫下去之理由，以乞停止勞作，苟享晚逸之期。本書幸得孫立川、陸文虎、許德政諸先生教益，敬謝不一。

2017 夏於掃葉園